Viateur Lefrançois

Les chemins de la liberté
Au temps des patriotes

Éditions du Phœnix

Du même auteur chez Phoenix

Aventuriers des mers, coll. Ados, 2009.

Un fabuleux voyage à dragons-village, coll. Les maîtres rêveurs, 2007.

Chevaux des dunes, coll. Oeil-de-chat, 2007.

Otages au pays du quetzal sacré, coll. Oeil-de-chat, 2005.

Du même auteur, chez d'autres éditeurs

Tohu-bohu dans la ville, série Francis-Capuchon, tome III, coll. « Dès 9 ans », Éd. de la Paix, 2004.

Les Facteurs volants, série Francis-Capuchon, tome II, coll. « Dès 9 ans », Éd. de la Paix, 2003.

Coureurs des bois à Clark City, série Francis-Capuchon, tome I, coll. « Dès 9 ans », Éd. de la Paix, 2003.

El misterio de la mascara de serpiente, Artes de Mexico, Mexique, 2003.

Dans la fosse du serpent à deux têtes, coll. « Dès 9 ans », Éd. de la Paix, 2002.

Les Inconnus de l'île de Sable, coll. « Ados/Adultes », Éd. de la Paix, 2000.

« La Folle Nuit de la San Juan » in *Les Contes du calendrier,* collectif de l'AEQJ, Éd. Pierre Tisseyre, 1999.

L'Énigme de l'œil vert, coll. «Ados/Adultes», Éd. de la Paix, 1998. Sélectionné pour les élèves du secondaire en 2005 (Éducalivres).

Marie Rose-Aimée, roman adulte, Éd. Archimède, 1993.

Viateur Lefrançois

Les chemins de la liberté
Au temps des patriotes

Éditions du Phœnix

© **2010 Éditions du Phœnix**
Dépôt légal, 2010

Imprimé au Canada

Photographies : Viateur Lefrançois
Graphisme : Guadalupe Trejo
Révision linguistique : Hélène Bard

Éditions du Phœnix
206, rue Laurier
L'île Bizard (Montréal)
(Québec) Canada H9C 2W9
Tél.: 514 696-7381 Téléc.: 514 696-7685
www.editionsduphoenix.com

**Catalogage avant publication de Bibliothèque et Archives
nationales du Québec et Bibliothèque et Archives Canada**

Lefrançois, Viateur

    Les chemins de la liberté : au temps des Patriotes

    ISBN 978-2-923425-39-9

    1. Canada - Histoire - 1837-1838 (Rébellion) -
Romans, nouvelles, etc. I. Titre.

PS8573.E441C428 2010 C843'.54 C2010-941349-0
PS9573.E441C428 2010

Conseil des Arts   Canada Council
du Canada   for the Arts

Nous remercions la SODEC et le Conseil des Arts du
Canada de l'aide accordée à notre programme de publication. Nous reconnaissons l'aide financière du gouvernement du Canada par l'entremise du Fonds du livre du
Canada pour nos activités d'édition.

*" Elle fut magnanime,
héroïque et sans tache,
Votre légende, ô fiers enfants
de Saint-Eustache ! "*

Louis Fréchette, poète

Avis aux lecteurs

Les personnages principaux de ce roman, ainsi que leurs aventures, sont fictifs et imaginaires. Cependant, la trame historique est vraie.

PRÉFACE

À l'époque de la conquête anglaise, en 1759, la Nouvelle-France comptait soixante mille habitants. Lors de la rébellion de 1837-1838, le nombre de Canadiens dépassait les quatre cent mille.

Des années d'injustices, de mépris et de pauvreté ont conduit le peuple à une révolte sanglante contre l'oppresseur. Malgré l'opposition de l'Église catholique, les menaces et les provocations des miliciens anglais et les arrestations arbitraires auxquelles a procédé l'armée des habits rouges, les patriotes, menés par Louis-Joseph Papineau, ont lutté pour la liberté et ils ont rêvé d'un pays français en Amérique. Ulcérés à l'idée d'être gouvernés par les Canadiens français, les cent vingt-cinq mille anglophones du Bas-Canada y ont vu l'occasion d'écraser à jamais ce peuple de conquis.

Après la défaite des troupes de Montcalm contre les Britanniques de Wolfe, les conquérants se sont emparés des richesses et des terres du peuple français, ils en ont contrôlé le commerce et ils ont laissé ces soumis dans l'ignorance, à la merci des colons anglais.

Ces quelques lignes, écrites par un visiteur français, Alexis de Tocqueville, donnent un bon aperçu de la situation en 1831 :

Je viens de voir dans le Bas-Canada un million (ils étaient environ 400 000) de Français, braves, intelligents, faits pour former un jour une grande nation française en Amérique, qui vivent en quelque sorte en étrangers dans leur pays. Le peuple conquérant tient le commerce, les emplois, la richesse, le pouvoir. Il forme les hautes classes et domine la société entière[1].

---

[1] « Canada - Histoire et Politique » dans BRUNET, Michel. Encyclopædia Universalis, p. 839.

Une visite mouvementée

En ce magnifique après-midi d'avril, le soleil luit et un doux vent du Sud souffle, comme un prélude à la belle saison. Pour les paysans de la région, en raison des temps difficiles, cette brise agit comme un baume passager, prodigué par la nature. Certains de ces habitants du Bas-Canada ont refusé cette vie de misère et ont préféré s'exiler aux États-Unis afin de nourrir leur famille et de fuir l'oppression des Anglais. Ceux qui restent travaillent dur, en plus de se battre pour conserver leur langue et leurs droits. Le climat politique se dégrade et la tension règne entre les partisans des Britanniques, les loyalistes, et les patriotes.

Malgré les rumeurs d'affrontements de plus en plus nombreuses dans la région, Gabrielle et Pierre Gagnon se réjouissent à l'idée de rencontrer leurs amis pour partager un repas. Pendant leur absence, leur fils aîné, Georges, prendra soin des animaux, alors que Jeanne et Paul, de vrais jumeaux, s'occuperont d'Agnès, âgée de cinq ans, et de leurs trois petits frères de un, deux et trois ans. La mère de Gabrielle, Rita, vit depuis plusieurs années avec eux ; elle jettera un regard protecteur sur la petite famille. Les parents quittent la maison la tête tranquille.

Le village de Lacolle est paisible et la campagne, verdoyante. Des plaques de neige résistent encore dans le sous-bois. L'accueil chaleureux de Jean-Baptiste et de Blanche Dozois annonce un plaisant samedi soir.

Leurs huit enfants vont et viennent sur la ferme : les plus vieux s'occupent de l'étable, tandis que les petits jouent dans la cour.

— Ce soir, ils nous ont donné congé, déclare Jean-Baptiste en se berçant dans la cuisine.

— Les aînés nous rejoindront après la traite, reprend sa femme.

Tout à coup, des bruits de sabots et des hennissements se font entendre. Les enfants entrent en coup de vent dans la maison : les deux plus jeunes s'accroupissent derrière le poêle à bois pour se cacher, tandis que les six autres se dispersent dans les différentes pièces.

— Les volontaires arrivent, hurle le fils aîné.

Les deux couples se précipitent à la fenêtre et aperçoivent des cavaliers qui pénètrent sur le terrain et se dirigent vers la résidence.

— Les Anglais font rarement des visites de courtoisie aux patriotes, affirme Jean-Baptiste.

Il saisit alors deux fusils de chasse accrochés au mur et en lance un à Pierre : les deux amis attendent les intrus de pied ferme.

Le cultivateur ordonne à ses quatre plus vieux enfants de fuir par la porte arrière et d'aller prévenir les voisins. Les adolescents se dispersent aussitôt dans le boisé au pas de course. Jean-Baptiste ouvre ensuite la trappe qui mène au caveau à patates et, d'un signe de tête, indique aux femmes et aux plus jeunes d'y descendre.

Dans l'espoir de gagner du temps, le propriétaire sort sur le perron dans le but de recevoir les indésirables. Pierre reste à l'intérieur pour protéger son hôte, au cas où les volontaires décideraient de s'en prendre à lui. Par chance, ceux-ci ignorent qu'il se trouve à cet endroit. Pierre est bien connu des loyalistes pour son appui à la cause de Papineau, dont les activités attisent l'hostilité entre les Anglais et les Français. Il enroule un foulard autour de sa tête, afin que les étrangers ne le reconnaissent pas s'il intervient.

Les intrus mettent pied à terre et le meneur s'avance vers Jean-Baptiste.

— Quel bon vent vous amène, les amis ? demande celui-ci d'une voix forte.

— Les sympathisants de Papineau ne deviennent jamais nos amis.

— Je me demande de quoi tu parles... Il vous faudra revenir si vous voulez souper : nous avons déjà mangé.

— Cesse de jouer au plus fin avec nous, Dozois.

— Tu connais mon nom, mais j'ignore le tien et ceux de tes camarades.

— Appelle-moi Smith, comme tous les autres derrière moi, lance le volontaire au milieu des rires gras de ses complices. Quelle belle ferme !

— Nous travaillons fort pour nous en sortir.

— Assez discuté ! lance en anglais l'un des volontaires. Je dois retourner à Hemmingford.

— Dis à ta femme et aux enfants de sortir, ordonne l'homme. Nous devons vérifier si tu caches des patriotes.

— Montre-moi l'autorisation du gouverneur Gosford.

Les hommes rient à gorge déployée de la requête de Dozois. Pour apeurer le cultivateur, les individus tirent des coups de feu dans les airs. Pierre place son fusil sur son épaule et attend le signal de son ami. Gabrielle remonte de la cave, tenant deux armes dans ses mains.

— Je vais recharger les carabines et nous leur ferons croire que nous sommes plusieurs à l'intérieur.

Jean-Baptiste s'inquiète. Si les voisins tardent trop, ils devront se défendre à deux contre douze.

— Vous désirez manger un morceau de gâteau et boire un peu de thé, peut-être ?

— Nous détestons les petits farceurs dans ton genre.

Le ton méprisant du soi-disant Smith indique que sa patience a atteint sa limite, mais l'habitant ne veut surtout pas attaquer le premier, et donner l'occasion aux Anglais de détruire les bâtiments ; aussi décide-t-il de bluffer une dernière fois.

— Je vous demande de quitter ma propriété. Qui vous permet de venir menacer ma famille ?

Pour toute réponse, une balle siffle tout près de son oreille et se loge dans la porte. Jean-Baptiste reste immobile et fixe le chef dans les yeux. Une seconde détonation se fait entendre, mais, cette fois, tous ignorent d'où provient le projectile. À la surprise des Anglais, une dizaine d'hommes masqués contournent la maison et braquent leurs carabines sur les assaillants.

— Jetez vos armes ! ordonne Édouard Latrimouille, le voisin immédiat des Dozois.

— *Never!* répond Smith.

— Il le faudra bien, Ken Sutton, lance un inconnu sur un ton calme.

Les volontaires se retournent et aperçoivent une quinzaine de personnes en rang serré, prêtes à se défendre. Coincés entre deux cohortes d'hommes armés, les Anglais doivent se rendre et déposer leurs fusils.

Rouge de colère, Sutton fulmine contre les habitants de Lacolle.

— Nous reviendrons !

— Je sais aussi où vous trouver, répond Isaac Pinsonneault, un autre voisin au visage couvert. Bower, McAdam, Hemming, Hill, Cowan, Moore et les autres, je vous conseille de ne dormir que d'un œil à l'avenir.

Jean-Baptiste se précipite à la rencontre de ses amis pour les remercier de leur intervention. Sans eux, la maison et les bâtiments seraient certainement en flammes et sa famille se retrouverait sans abri. Gabrielle demande à Blanche et aux enfants de sortir de leur cachette. Tous se rejoignent dehors pour se féliciter. Heureux d'avoir évité la catastrophe, Jean-Baptiste étreint ses garçons sur sa poitrine.

Au petit matin, le couple Gagnon reprend la route de Napierville, mais reste aux aguets afin d'entendre le moindre bruit de sabots.

Le printemps 1837

C'est la misère en ce printemps 1837 et plusieurs voisins des Gagnon en subissent les contrecoups. Les mauvaises récoltes des années précédentes ont laissé les foyers dans la pauvreté et beaucoup tirent le diable par la queue. À la lecture du journal *La Minerve*, Pierre apprend que les États-Unis traversent une grave crise financière et que celle-ci frappe aussi les régions du Haut et du Bas-Canada.

Il lit également que les débats politiques s'enveniment à Québec et à Montréal entre le gouverneur Gosford et le Parti patriote, dirigé par Louis-Joseph Papineau. Partout au Bas-Canada, les gens s'inquiètent des répercussions de ces mésententes. Même si les habitants des villes et des villages aspirent à vivre en paix, le mécontentement s'accentue à l'égard de la classe dirigeante anglaise.

Dans la région de Napierville, comme partout ailleurs dans les campagnes environnantes, les hommes labourent la terre et les femmes s'occupent de leur progéniture. Non seulement les tâches ménagères sont-elles nombreuses et épuisantes, mais les mères de famille doivent aussi filer la laine, tisser sur le métier et produire de multiples conserves domestiques dont leurs familles se nourrissent au quotidien.

***

Pierre peut commencer les travaux sur la ferme et réparer ses instruments aratoires, en prévision des labours du printemps. La saison des sucres vient à peine de finir. Les jumeaux Paul et Jeanne adorent travailler avec leur père à la production du sirop d'érable, mais détestent charrier le bois pour entretenir le feu dans le poêle, ce qu'ils considèrent comme une fastidieuse corvée. Ils préfèrent de loin verser le délicieux liquide sur du pain grillé. Comme le répète souvent leur père, « Quand on veut des résultats, on prend les moyens pour y arriver. »

Comme à l'accoutumée, Jeanne nourrit les poules et les poussins. Vive et espiègle, la jeune fille au teint clair, aux cheveux dorés et aux yeux bleus, se pose une question depuis peu : pour quelle raison ces oiseaux de basse-cour refusent-ils de voler malgré leurs ailes ? Lorsqu'elle interroge son frère à ce sujet, celui-ci lui propose candidement de tenter une expérience.

— Suis-moi, tu vas savoir tout de suite pourquoi, ajoute-t-il en la tirant par la manche de sa robe.

Le garçon appuie une échelle contre l'un des murs de la grange. Persuadés de rendre service à leurs parents, les jumeaux prennent chacun une poule entre leurs mains, montent lentement vers le fenil et lancent les deux meilleures pondeuses dans le vide. Alertée par le caquètement des volailles, convaincue qu'un malheur est survenu, Gabrielle sort de la cuisine au pas de course. À l'instant où elle aperçoit les plumes tourbillonner, elle comprend que ses deux anges rebelles viennent de mettre une autre théorie en pratique.

— Jeanne, Paul ! Descendez tout de suite, s'exclame leur mère sous le choc. Mes poules refuseront de pondre ! Qu'est-ce qui vous prend ?

Comme punition, les adolescents se voient contraints de corder le bois de chauffage jusqu'à la première ponte de leurs victimes. Le comportement bizarre et les nombreuses expérimentations des jumeaux impatientent leur père.

— Dès qu'une idée leur passe entre les deux oreilles, ils foncent tête baissée pour la concrétiser. Je me demande où cela les mènera.

Le visage tout souriant, Gabrielle saute alors sur l'occasion pour le ramener sur terre :

— Je sais... Mon mari agit de la même façon.

— Tu exagères ! Je réfléchis toujours avant d'agir.

Les éclats de rire des parents résonnent dans la chambre des enfants qui s'endorment heureux, malgré leur bévue. Chez Gabrielle et Pierre Gagnon, la vie continue, caractérisée par le travail et la gaieté.

Toute la maisonnée participe à la vie familiale. Chaque jour, dès l'aube, Georges fait le *train*, revient à la maison pour manger, puis accompagne son père aux champs. Les jumeaux mènent les vaches au pâturage et s'occupent des autres animaux de la ferme.

Par chance, les gens s'entraident, ce qui contribue à rendre la vie plus facile. La veille, avec l'aide de son voisin, le forgeron David Demers, Pierre a réparé le toit de la maison et remplacé plusieurs planches de la grange, emportées par les vents lors d'une tempête de neige survenue à la fin du mois d'avril.

Les paysans ensemencent les champs dès l'arrivée du beau temps. La terre des Gagnon leur fournit des légumes en quantité suffisante pour les nourrir, mais tous les membres de la famille doivent mettre la main à la pâte.

Aujourd'hui, après une longue journée de travail, lorsque le repas du soir est terminé, une conversation sérieuse s'engage entre Gabrielle et son mari.

— J'espère que les politiciens nous laisseront en paix, s'exclame Gabrielle, le balai de crin à la main. Avec tes activités partisanes, le danger nous guette à tout moment.

Pierre se contente de lever les yeux sans prononcer un mot.

— Les esprits s'échauffent et plusieurs individus sèment la terreur dans la région. Je me tracasse pour les enfants et j'aimerais les mettre à l'abri de possibles représailles.

L'offre de ma sœur Emma m'intéresse vraiment.

Son mari hoche la tête en signe d'assentiment.

— Les enfants t'aident, ici, sur la ferme. Tu devras travailler deux fois plus fort...

— J'y arriverai.

Emma lui donne l'occasion d'éloigner ses jumeaux de la menace quasi régulière des volontaires. La longue discussion terminée, elle et son mari décident de leur annoncer la nouvelle.

Après avoir rangé la cuisine, Gabrielle demande à ses jumeaux de s'asseoir. L'expression de son visage en dit long sur la gravité de la situation.

— Votre tante a besoin d'un coup de main pour la saison estivale et possiblement jusqu'à l'hiver prochain, lance Gabrielle, le regard sombre. Vous verrez, Saint-Denis vous plaira.

Les deux adolescents paraissent étonnés que la demande s'adresse à eux et non pas à leur frère aîné. Leurs yeux bleus s'écarquillent de surprise. Jeanne, contrariée, replace ses longs cheveux blonds à l'aide de ses doigts et pince les lèvres. À la pensée de disposer d'une plus grande liberté chez sa tante Emma, son frère, pour sa part, plisse le front de satisfaction. Après tout, à douze ans, il est presque un homme !

— Mais nos amis ? Le travail ? L'école ? demande Jeanne, au bord des larmes.

Leur mère préférerait leur cacher les vraies raisons de leur départ pour Saint-Denis, mais, réflexion faite, décide de tout leur avouer.

— Les militaires ont emprisonné votre oncle Étienne à Montréal : lors d'une assemblée populaire, il a accusé le gouverneur Aylmer d'être le principal responsable de l'épidémie de choléra de 1832.

— Il les savait contagieux, mais a quand même autorisé des milliers d'Irlandais à s'établir au Bas-Canada.

Pierre rassure les jumeaux ; il décrit la sœur de leur mère comme étant une femme généreuse et souriante.

— Elle vous attend à bras ouverts.

— Quand reviendrons-nous ? demande Jeanne.

— Ils devraient libérer Étienne l'année prochaine. En septembre, Emma vous inscrira à l'école et vous rentrerez à la maison pour Noël.

— Et qui vous aidera pour les travaux de la ferme ? Et la récolte ? demande Paul, soucieux, malgré tout.

Pierre se réjouit de constater que son fils se préoccupe de la ferme et de sa famille. Volontaire et vif, il deviendra un honnête habitant.

— Tu peux partir sans inquiétude, mon garçon. Georges a promis de mettre les bouchées doubles et mon frère Jacques me donnera un coup de main. À moins, bien sûr, que sa petite compagnie de transport de voyageurs ne l'occupe trop. Nous aviserons le moment venu. Et puis, nous ignorons quelle tournure prendront les débats politiques des dirigeants. Nous devons vivre au jour le jour.

Gabrielle doute de la sincérité du gouverneur Gosford et de sa bonne foi envers les Canadiens français. Étant donné que son mari est un farouche partisan des patriotes de Papineau, elle se tourmente sans cesse et se demande comment finiront toutes ces querelles. Pierre lit souvent *La Minerve*, un journal sympathique à la cause patriote, et s'enrage parfois à la lecture des textes des journalistes.

— Je préférerais vraiment que les différends politiques se règlent à l'amiable, déclare Gabrielle.

— Gosford doit se soumettre aux élus, réplique Pierre d'un ton sec. Papineau a pris le pouvoir lors d'élections libres et le peuple en a décidé ainsi. À Gosford de céder.

— Tu imagines l'humiliation s'il perd la face ? De plus, les bureaucrates et les marchands anglais le poussent à écraser les Canadiens.

— Pour eux, nous sommes un peuple de conquis et des paysans illettrés.

— Les Britanniques disposent d'une imposante armée et bénéficient de tous les privilèges ; impossible, dans leur cas, de capituler. À moins qu'ils y soient forcés, mais la lutte pourrait s'avérer longue et difficile.

Pierre Gagnon donne raison à sa femme. Il est préoccupé par la situation, surtout depuis le rejet des revendications du Parti patriote par Londres. Le parlement anglais a même autorisé le gouverneur à passer outre la volonté des députés et à puiser dans les fonds de l'assemblée élue. Cette décision le scandalise : s'il le faut, il ira se battre pour soutenir Papineau.

Pierre prend part à plusieurs réunions publiques pour dénoncer les manœuvres des fonctionnaires anglais et loyalistes, ce qui lui permet d'apprendre le vocabulaire politique, de glaner ici et là de bons arguments, puis de les transmettre aux citoyens de son village et à ceux des alentours. Il devient vite un meneur parmi les patriotes de Napierville, de l'Acadie, de Saint-Valentin et de Saint-Jean. De leur côté, les habitants anglophones se préparent à toutes les éventualités.

Réticents à l'idée de se séparer de leurs parents, les jumeaux acceptent malgré tout d'aller à Saint-Denis. Quant à leur père, il en profitera sans doute pour rendre visite aux partisans de Papineau.

Escarmouche
à Saint-Jean

Pierre profite de l'assemblée politique du sept mai 1837, à Saint-Ours, pour conduire Jeanne et Paul à Saint-Denis. Gabrielle se tourmente à l'idée de les savoir tous les trois sur les grands chemins, mais sa sœur a vraiment besoin d'aide. Et si jamais les miliciens et les volontaires anglais semaient la terreur comme ils le font dans la région de Saint-Jean, elle pourrait envoyer les enfants chez son autre sœur, Anita, qui vit sur une ferme isolée, non loin de Saint-Eustache.

— Nous partons demain matin, déclare Pierre, de sa voix de ténor. Préparez vos baluchons.

Pierre et les enfants se dirigent vers Saint-Jean, bien installés dans une charrette, tirée par deux chevaux. Joseph Hébert, un résident de Saint-Cyprien-de-Napierville, rencontré sur la route de l'Acadie, leur conseille d'éviter le village.

— Il y a du grabuge sur la rue Principale et près du pont de la rivière Richelieu. Des sympathisants patriotes affrontent les anglophones de la région.

Paul remercie l'homme pour ces informations et lui demande des précisions sur la bataille.

— Hier, des Britanniques ont saccagé la maison d'un patriote et s'apprêtaient à en malmener les occupants. Informés de la nouvelle, une vingtaine de jeunes Canadiens se sont alors précipités pour attaquer les assaillants. Dieu seul sait comment tout cela se terminera.

— Ce sera la révolution dans le Bas-Canada si les Anglais ne veulent rien entendre, déclare Pierre.

— Il y a aussi des émeutes dans le Haut-Canada. Des citoyens anglais de Toronto contestent haut et fort la politique et les agissements du gouverneur.

— En raison de la langue et de la religion, le malaise s'accentue au Bas-Canada.

Joseph lui donne raison, puis leur conseille de passer par Chambly afin d'éviter toute cette agitation.

— Nous devrions rentrer à la maison et repartir demain, propose Jeanne, inquiète de rencontrer des opposants.

— Un peu d'action nous changera les idées, lance Paul en arborant un franc sourire.

Pierre regarde son fils d'un air triste. À son âge, il connaît peu de choses de la vie des Canadiens.

— Tu as bien le temps, mon garçon.

— Le temps de quoi ? interroge le jeune homme.

— D'apprendre, mon fils.

Pierre descend de la charrette. Il marche au bord de la route, le regard fixé sur le sol. Il suggère aux adolescents de ramasser des cailloux et de les dissimuler dans la voiture, au cas où ils devraient affronter les défenseurs de la couronne britannique ou des voleurs de grand chemin.

Les enfants s'exécutent en se demandant si les voyages se déroulent toujours ainsi. Ils reprennent la route avec, en bruit de fond, les coups de sabot et le grincement des roues sur le chemin raviné. Le calme semble être revenu quand les voyageurs traversent Saint-Jean. Pierre observe avec un brin de déception les rues désertes ; il aurait aimé discuter avec les habitants du village pour en apprendre davantage.

Tout à coup, un groupe d'hommes en colère sort d'une maison en proférant des insultes aux voyageurs et s'apprête à les attaquer. Un manifestant s'approche de la charrette et en frappe l'une des roues à l'aide d'un bâton. La peur au ventre, Jeanne lui lance une roche et l'atteint au bras. Un autre individu essaie de s'emparer des brides des chevaux, mais Paul lui jette aussitôt une pierre dans le dos. Après plusieurs claquements de fouet dans l'air, les bêtes hennissent de terreur et s'emballent. Les assaillants s'écartent enfin de la charrette. Les occupants poursuivent leur route sur le qui-vive, avec l'espoir de franchir la rivière sans problème.

Une dizaine d'individus à ses trousses, le chauffeur s'engage sur le pont Jones sans payer son droit de passage. La voiture traverse la rivière Richelieu à folle allure quand, soudain, d'autres hommes arrivent de Saint-Athanase. Coincé en plein milieu du pont, Pierre se demande s'il doit rebrousser chemin ou foncer sur les inconnus. Il choisit la deuxième option. À sa grande satisfaction, ces derniers tirent sur leurs poursuivants. Le pont enfin franchi, cinq cavaliers armés arrêtent la charrette et ordonnent aux passagers de descendre et de s'identifier.

— Les patriotes capturent leurs alliés, maintenant ! déclare le voyageur avec un sourire malicieux.

Silencieux, les gardes tentent de mettre un nom sur le visage de l'étranger. Un homme élégant, à la moustache bien taillée, s'avance et lui tend la main.

— C'est un réel plaisir d'accueillir Pierre Gagnon chez nous, s'exclame le notaire Pierre-Paul Demaray. Que nous vaut cet honneur ?

Pierre a rencontré le nouveau venu à quelques reprises lors de réunions politiques. Il lui explique son désir de conduire les enfants à Saint-Denis, et qu'ensuite, il ira à l'assemblée de Saint-Ours. Le chef patriote de Saint-Athanase, secondé par le docteur Joseph-François Davignon, est chargé de surveiller la région, de recruter des combattants et d'organiser la défense des villageois contre une éventuelle incursion des miliciens anglais. Après plusieurs minutes à discuter, le notaire et ses compagnons escortent les Gagnon jusqu'aux limites du village.

En chemin, les voyageurs s'arrêtent pour manger ; ils s'abreuvent dans la rivière, tandis que les chevaux broutent l'herbe des alentours. Le soir, épuisés par la longue route, ils se cachent dans la forêt et dorment dans la charrette, à la belle étoile, emmitouflés dans d'épaisses couvertures. Ils arrivent enfin à destination, après deux jours de route.

Pierre décide d'amener les jumeaux à l'assemblée de Saint-Ours avant d'aller à Saint-Denis. À la grande surprise des adolescents, leur père est accueilli en héros par de nombreux partisans. Tout le monde veut lui serrer la main, lui donner des informations ou l'étreindre amicalement. Durant la rencontre, la ferveur patriotique des participants fascine les jeunes qui ne connaissent pas toutes les subtilités des discours ni même la raison de l'appel à la rébellion. Néanmoins, quand leur père applaudit, ils l'imitent sans hésitation, se lèvent et sautillent sur place.

— Vive la liberté !

— Égalité pour tous les citoyens !

— À bas le gouverneur !

— Papineau ! Papineau ! clament enfin les centaines de personnes réunies pour l'occasion.

La proposition de boycotter les produits anglais et d'employer l'étoffe du pays pour confectionner les vêtements reçoit l'approbation de la grande majorité ; ils doivent maintenant convaincre la population d'agir en ce sens. Pierre semble bien déterminé à s'impliquer dans ce mouvement. Il grimpe sur l'estrade et s'engage à soutenir ses compatriotes.

— Je promets de convaincre mes concitoyens de Napierville et de toute la région de Saint-Jean du bien-fondé de cette décision et je jure de lutter jusqu'au bout pour la liberté de notre peuple.

Les sympathisants applaudissent avec énergie les déclarations du patriote Gagnon et sortent enhardis de l'assemblée.

Pierre et les enfants reprennent la route vers Saint-Denis, escortés par un groupe de partisans.

**

Pendant l'été, le boycottage des importations anglaises reçoit l'appui de la majorité des citoyens. Avec ses amis, Pierre participe à certaines réunions de concertation qui se déroulent dans plusieurs villes et villages. Louis-Joseph Papineau, présent à celle de Montréal, se prononce lui aussi en faveur des produits canadiens. Avec son costume à la dernière mode, l'homme aux cheveux blancs inspire le respect. Les manifestants scandent son nom avec conviction. La ferveur patriotique prend une ampleur sans précédent. Suite au boycottage des produits britanniques, les paysans prévoient des sanctions sévères de la part des loyalistes et s'organisent pour faire face à la menace.

Au retour d'une assemblée tenue à Saint-Laurent par le chef des patriotes, Pierre, le journal à la main, annonce à sa femme :

— C'est décidé, je participerai à la bataille des patriotes.

Gabrielle replace son abondante chevelure châtain en un chignon, puis se penche sur sa lessive.

— Je m'y attendais depuis quelques mois, répond Gabrielle sans le moindre étonnement dans la voix. J'ai demandé à Georges de prendre la relève sur la terre familiale pour laisser libre cours à tes ambitions politiques. Tu devras quand même tenir compte des objections de l'Église catholique ?

— Je convaincrai les habitants malgré l'opposition du puissant évêque Lartigue. Si cet homme d'Église désire prêcher la soumission, il en subira les conséquences.

— Le propre cousin de Papineau, déclare Gabrielle, désolée. Peut-on imaginer pire déception pour le chef du Parti patriote ?

Incommodée par la chaleur torride des derniers jours, elle s'éponge le front du revers de la main. Ses yeux doux se posent sur son mari, son Pierre si convaincu et si déterminé à continuer la lutte jusqu'au bout. Comment peut-elle lui en vouloir ? Après tout, il se bat pour sa famille. Elle redoute cependant l'intervention du curé :

— Nous en entendrons sans doute parler en chaire, dimanche prochain.

Comme beaucoup de gens déterminés, Pierre se présente à la messe du dimanche, aux assemblées et aux manifestations, vêtu d'un costume confectionné avec l'étoffe du pays, d'une tuque, d'une ceinture fléchée et de souliers de *beu* fabriqués avec de la peau de vache.

4

Vert, blanc, rouge

Pour Jeanne et Paul, l'été passe vite à Saint-Denis. Après leurs corvées, les jeunes partent à l'aventure, leur seau sous le bras, pour cueillir des fraises des champs. Souvent, ils taquinent le poisson ou lancent des pierres à l'eau.

Au début de septembre, les jumeaux connaissent presque tous les villageois et ils ont déjà plusieurs amis. La rentrée à l'école devient une occasion de faire connaissance avec les jeunes des environs.

Tante Emma se montre très reconnaissante envers les jumeaux et cuisine tous les jours. Sans enfant, son fort sentiment maternel va tout entier aux adolescents. Avec ses cheveux châtain, ses yeux bleus et ronds, son visage rieur, elle semble toujours de bonne humeur. Dans ses temps libres, aidée de Jeanne, Emma confectionne des vêtements avec l'étoffe du pays, en prévision d'un déjeuner sur l'herbe qu'elle et plusieurs femmes organisent et qui aura lieu le vingt-trois septembre à Saint-Denis.

Pour l'occasion, des centaines de femmes portent des vêtements d'étoffes légères pour montrer leur désir de continuer la lutte. Des drapeaux tricolores, brandis par les participantes, flottent au vent.

Pendant le repas, les femmes adoptent plusieurs résolutions concernant l'économie et l'industrie, afin de favoriser les manufactures canadiennes. L'emprisonnement de son mari de même que ses convictions personnelles poussent Emma à faire avancer la cause, malgré les tâches et les besognes quotidiennes.

Un autre événement lui tient à cœur. Deux fois par semaine, sous la direction de madame Saint-Germain, Emma et ses amies se rassemblent pour organiser la réunion de fondation de l'association des Fils de la liberté de la vallée du Richelieu. Tout doit être prêt pour recevoir la jeunesse de la région.

Hormis le curé de Saint-Denis, attentif aux mandements de son évêque, les notables encouragent l'événement. Plusieurs se moquent de la réaction du gouverneur et des journaux favorables aux Anglais.

Par une belle matinée, tout le village accueille les jeunes enthousiastes, en provenance de plusieurs comtés, dans le petit boisé de madame Bruneau. Ils arrivent par petits groupes. Dans la cohue de citoyens, dont plusieurs portent tuque et ceinture fléchée, chacun hume l'odeur de l'herbe fraîchement coupée à grands coups de faux. Des nappes et des couvertures piquées ont été disposées çà et là.

Jeanne et Paul assistent à la rencontre et brandissent fièrement le drapeau vert, blanc et rouge des patriotes. Inspiré par les discours et les déclarations des chefs, le garçon tempère difficilement sa fougue.

— En avant ! crie Paul, à l'instar des partisans, en agitant la banderole. Liberté, pays français en Amérique, égalité : ces propos font jouer la fibre patriotique en lui.

— Je commence à aimer les rassemblements politiques, lui lance sa sœur sur un ton un peu taquin.

— Avec les Fils de la liberté dans les parages, on doit s'attendre à de l'action, répond Paul.

— Tu as raison ! Des participants concoctent déjà des projets pour l'automne. Je les ai entendus parler près du monticule de pierres.

Pour les deux adolescents, les prochaines semaines s'annoncent mouvementées, mais le visage inquiet de tante Emma et celui de ses amis les poussent à afficher une certaine retenue dans leur élan d'enthousiasme.

Charivaris

Paul s'intéresse de plus en plus à la vie politique. Sa tante Emma, impliquée dans plusieurs comités, commente chaque événement avec une verve intarissable. Aussi le jeune garçon s'enthousiasme-t-il à l'idée de participer à un charivari avec ses amis, lequel aura lieu à Saint-Ours. Jeanne refuse de les accompagner et semble plus intéressée à aider tante Emma à pétrir la pâte à pain.

— Je te laisse y aller, mon garçon, mais je te recommande de faire preuve de prudence, dit-elle avec sa bonhomie habituelle. Un homme en prison dans la famille, ça suffit !

Au moment du départ, l'adolescent s'étonne du grand nombre de manifestants.

Le convoi d'une trentaine de chariots et de calèches bondés de gens s'étire en une longue file. Tous se dirigent joyeusement vers le village et plusieurs autres se joignent à eux en chemin. Le cortège s'arrête finalement devant la porte du seigneur de Saint-Ours.

Les participants chantent, tapent sur des chaudrons avec des bâtons et font du tapage avec tout ce qui leur tombe sous la main. En fait, le charivari a d'abord été organisé pour dénoncer les écrits de monsieur Debartzch, le seigneur de Saint-Charles, en visite à Saint-Ours ; l'homme signe des articles diffamatoires dans le journal *Le Populaire*.

— Renégat ! hurle la foule.

— Vive les patriotes !

— À bas les traîtres !

Le bruit s'intensifie et plusieurs brandissent le drapeau tricolore. Paul s'est emparé d'une marmite et frappe dessus pour imiter ses compagnons. Il prend rapidement conscience des enjeux politiques : même si ce charivari ressemble à une fête, en réalité, cette manifestation sert d'avertissement.

Les villageois rentrent chez eux, satisfaits de la démonstration publique. Ils doutent du résultat, mais l'important, c'est d'affirmer ses convictions.

La tension monte à Saint-Denis. La situation devient de plus en plus délicate. Chacun prend parti et exprime ses opinions.

À la sortie de la messe, Emma et les jumeaux rencontrent le docteur Nelson. Il a aidé la pauvre femme lors de l'arrestation de son mari. Ce fils d'immigrant britannique possède une distillerie au village et appuie les francophones, dont il soutient la cause. Son frère Robert l'encourage dans sa quête de liberté et lutte pour la démocratie au Bas-Canada.

— Bonjour, Emma, dit Wolfred en lui tendant ses deux mains.

Le docteur la met au courant des derniers développements :

— D'autres tohu-bohus se dérouleront, ici, à Saint-Denis. Siméon Marchesseault, un de mes employés à la distillerie, vous informera des endroits visés par les patriotes.

— Nous y serons, déclare Emma, d'un air complice. Nous aviserons les voisins. Pouvez-vous venir à la maison, docteur Nelson ? dit-elle à l'approche du curé. Ma jambe me fait souffrir.

— Je passerai d'ici quelques jours, répond le docteur.

Concentré sur le visage expressif de la jeune femme, Nelson sursaute à l'arrivée du curé Demers. Il replace une mèche de cheveux avec ses doigts, puis lisse ses longs favoris.

— Bonjour, monsieur le curé, poursuit Emma. J'ai beaucoup aimé votre sermon, aujourd'hui. Très inspirant.

— Merci, chère enfant. J'espère qu'il aura un effet sur le comportement erratique de certains villageois, répond l'homme d'Église dont les propos s'adressent surtout au médecin.

Wolfred Nelson lance un petit clin d'œil malicieux à Emma avant de partir à son tour.

***

Au cours des semaines suivantes, les villageois s'organisent et manifestent leur mécontentement. Le premier charivari est dirigé contre Léonard Godefroy de Tonnancour, en visite chez sa belle-mère pour une réunion de famille à Saint-Denis. Le député de Yamaska soutient maintenant les loyalistes, après s'être joint à l'équipe de Papineau.

— En avant ! crie Paul.

— Vive les patriotes ! scandent les manifestants.

De sa fenêtre, Wolfred Nelson regarde la scène avec satisfaction. Il voit les contestataires brandir une affiche qui montre Lord Gosford et quelques-uns de ses alliés francophones, dont Debartzch, Saint-Ours et le rédacteur du journal *Le Populaire*, Clément Sabrevois de Bleury, avec lequel le docteur a eu plusieurs différends.

Rosalie Saint-Jacques, soupçonnée de collaborer au périodique et de se cacher derrière un pseudonyme, sort alors de sa demeure pour arracher les affiches : la femme donne des raisons supplémentaires aux *charivaristes* de manifester.

Son geste suscite la grogne chez les partisans de Papineau et un soulèvement a lieu chez elle à la tombée de la nuit. Tante Emma craint la violence et interdit aux jumeaux de participer aux manifestations, même si elle-même observe les événements de loin.

Une foule bruyante entoure la maison et ordonne à Rosalie de quitter le village. Cette fois, la fête tourne mal.

— Vive les bureaucrates anglais ! lance la femme, incapable de retenir une moue de mépris.

Le tapage, les chansons et les hurlements s'accentuent. Des coups de feu retentissent de l'intérieur de la maison : le démêlé se solde par un mort et deux blessés chez les participants. Les manifestants en furie démolissent la résidence et forcent les occupants à fuir.

Le dimanche suivant, tout le village s'amène dans la petite église. De sa chaire, le curé Demers, livide, observe ses ouailles, le temps d'un interminable silence. Il tient à dénoncer la violence de ses paroissiens.

— Je vous demande de vous abstenir de participer aux charivaris. Les conséquences fâcheuses de ces démonstrations publiques nuisent à la bonne entente entre les citoyens. Qui sont ces chefs que vous suivez ? Des démons ! ajoute-t-il, d'une voix montant en crescendo. Je me permets enfin de lire le mandement de monseigneur Lartigue, qui interdit formellement ces désordres nocturnes.

Personne ne dit mot dans l'église, mais plusieurs se lancent des clins d'œil discrets. Sous l'influence de Marchesseault, les patriotes, dont plusieurs portent des vêtements confectionnés avec l'étoffe du pays, sortent pour exprimer leur désapprobation. Les jurons de certains se font entendre.

D'autres personnes approuvent les manifestants d'un signe de tête, tandis qu'Emma et les enfants quittent l'église en silence. Elle le sait d'instinct, les répercussions ne tarderont pas à venir.

Les événements de Saint-Denis et de la vallée du Richelieu attirent l'attention et inquiètent aussi les autorités militaires. Au cours des semaines suivantes, les autorités surveillent davantage la région. Ils bénéficient d'un réseau d'informateurs dirigé par le surintendant de la police de Montréal, Pierre-Édouard Leclère. Des espions très efficaces permettent au général Colborne de se faire une idée précise des enjeux et des événements à venir.

Le gouverneur ordonne d'abord une vague d'arrestations dans le Bas-Canada pour calmer les esprits des deux camps adverses. Nelson analyse les événements et essaie de déjouer les autorités pour sauver ses hommes. Il en discutera avec ses compagnons lors de la prochaine réunion des patriotes.

Un premier
affrontement

Le matin du seize novembre, une calèche à deux chevaux s'arrête devant la modeste maison d'Emma. Cachée derrière son rideau, elle voit le docteur Nelson descendre de la voiture. La femme le salue d'un signe de la main, puis lui ouvre la porte pour le laisser entrer. L'homme l'embrasse sur les deux joues.

— Bonjour, Emma. J'ai de bonnes nouvelles pour tes neveux ; une réunion des chefs de section aura lieu demain et leur père y assistera.

— Il vient à Saint-Denis ? s'informe Jeanne, excitée à l'idée de lui sauter dans les bras.

— Non, à Longueuil. Je pourrais vous y conduire, si votre tante Emma le permet.

— Vous me promettez de les ramener sains et saufs ? interroge Emma.

Wolfred Nelson la rassure. Les jumeaux prennent quelques vêtements et suivent le médecin. Tous s'installent dans la jolie calèche pour entreprendre le périple jusqu'à Longueuil.

Le regard plein de tendresse, Pierre se précipite vers ses enfants dès leur arrivée. Après cinq mois de séparation, ils vivent des retrouvailles émouvantes. Ils passent la soirée ensemble, même pendant la rencontre.

Hébergés chez un ami de Longueuil, le père et ses jumeaux partagent la même chambre. Des coups dans la porte réveillent la maisonnée dès l'aurore. Pierre regarde par la fenêtre et voit une dizaine d'hommes munis de fourches, de pioches et de bâtons. Quelques-uns portent un fusil à la main. Son hôte l'informe des derniers événements.

— Les miliciens de la Royal Montreal Cavalry ont arrêté Demaray et Davignon à Saint-Athanase. Le convoi arrive de Chambly, et les patriotes ont décidé de libérer les prisonniers.

Pierre enfile ses pantalons et prévient les jumeaux. Ils rejoignent ensuite les hommes commandés par l'un des amis de Pierre, Bonaventure Viger. Quarante autres combattants mieux armés s'ajoutent au groupe au cours de la marche. Étant donné que le village de Longueuil est occupé par un détachement du 32e régiment de John Colborne, la troupe rebelle se cache le long du chemin de Chambly, à l'extérieur de l'agglomération, afin d'attendre la garde et de délivrer les captifs.

Malgré les protestations des jumeaux, le père les laisse chez une amie de Viger. Pierre leur recommande la prudence.

— Ne sortez pas d'ici tant que les Anglais détiendront Demaray et Davignon. Je viendrai vous chercher.

La cavalerie arrive vers neuf heures près de la ferme des Trudeau et tombe dans l'embuscade tendue par les patriotes. Viger s'adresse aux loyaux :

— *Halte ! Au nom du peuple, livrez-nous les prisonniers.*

Pour toute réponse, le commandant Ermatinger ordonne à ses subordonnés d'ouvrir le feu. Une balle atteint Viger à la cuisse et à la main dès les premiers coups de feu. En guise de représailles, Ermatinger reçoit une volée de plombs à l'épaule et deux cavaliers grièvement blessés tombent de leur cheval. Un projectile frôle le crâne du loyaliste John Molson Junior et emporte sa casquette.

— En avant ! lance Viger.

En dépit de ses blessures, le chef grimpe sur la clôture et donne des ordres de tous les côtés à ses hommes, comme s'ils étaient dix fois plus nombreux.

— À gauche, tirez !

— À droite, tirez !

— Feu à volonté !

Le stratagème porte ses fruits et mystifie l'ennemi. Les rebelles s'en prennent alors aux chevaux avec l'espoir de mettre la cavalerie en déroute. La manœuvre disperse les miliciens dans les champs et permet de délivrer les prisonniers du fourgon, qui a été renversé dans le fossé.

Étonnés par la rapidité de l'intervention, Demaray et Davignon remercient chaleureusement leurs sauveurs.

— Comment allons-nous procéder pour les menottes ? demande le docteur.

— Le forgeron Olivier Fournier habite à côté, répond Viger. Il se fera un plaisir de vous en débarrasser.

Les militaires arriveront bientôt, pense le chef. Les patriotes écoutent les conseils de ce dernier et décident de regagner leur village. De leur côté, les cavaliers loyalistes retournent à Montréal après le départ des rebelles. Ermatinger rédige un rapport destiné à John Colborne : le général fulmine contre les révolutionnaires et ordonne au colonel Wetherall d'enquêter sur l'escarmouche de Longueuil.

Informé du déroulement de l'opération, Wolfred Nelson récupère les jumeaux. Après un bref entretien avec leur père, ce dernier réitère sa promesse de les ramener à la maison avant la fête de Noël. Le docteur prend ensuite la route pour Saint-Denis.

Prévenus par les patriotes, les cultivateurs du chemin de Chambly abandonnent presque tous leur ferme en prévision de la visite des soldats ; l'armée ne réussit qu'à arrêter six hommes. Ils prendront leur revanche, mais ils ignorent sous quelle forme se présentera la riposte.

7

Victoire de Saint-Denis

Pierre Gagnon fulmine quand il lit *La Minerve* ce jour-là. D'abord, une vague d'arrestations sans précédent a eu lieu un peu partout dans la région de Montréal. La seconde mauvaise nouvelle, une insulte à l'intelligence des patriotes, concerne le récent mandement de l'évêque Jean-Jacques Lartigue. Pour protéger ses acquis, l'Église catholique appuie les conquérants, au détriment de la majorité francophone.

Un article du même journal réjouit néanmoins Gabrielle. D'après le journaliste, l'avocat Louis-Hippolyte Lafontaine aurait écrit au gouverneur Gosford pour le supplier de convoquer le Parlement afin de régler la crise et d'éviter la guerre civile.

— Gosford rejettera les arguments de Lafontaine du revers de la main, déclare Pierre. Même s'il s'est opposé à l'appel aux armes, il a longtemps soutenu Papineau quand il était député.

— Si cet homme échoue, qui y parviendra ? demande Gabrielle.

Pierre hausse les épaules en signe d'impuissance. Soucieuse de la sécurité des jumeaux depuis l'affrontement de Longueuil, Gabrielle demande à son mari de les ramener à Napierville. Comme il risque l'emprisonnement à tout moment, Pierre essaie de s'éloigner le moins possible. Les informateurs circulent sur le terrain et une simple dénonciation peut envoyer un innocent en prison pour plusieurs mois.

Après quelques semaines à réfléchir dans la maison familiale, Pierre attelle la jument blanche et prend la direction de Saint-Denis malgré les premières neiges. La présence de l'armée sur le territoire l'oblige à de longs détours et à voyager la nuit. Il arrive enfin à Saint-Antoine, un village situé en face de Saint-Denis, au matin du vingt-trois novembre.

Transi de froid, le voyageur décide de se reposer un moment et de prendre un petit déjeuner à l'hôtel local. À sa demande, l'aubergiste lui indique à quel endroit il trouvera une barque et un passeur pour franchir la rivière Richelieu. Vers neuf heures, l'annonce de l'arrivée des troupes ennemies provoque une grande agitation dans le centre du village. Des hommes armés discutent en petits groupes et d'autres se joignent à eux. Un étranger s'approche de Pierre pour lui parler.

— Bienvenue à Saint-Antoine, dit George-Étienne Cartier. Merci de vous joindre à nous pour défendre nos voisins.

Pierre se présente à son tour.

— J'ai envoyé des éclaireurs pour avertir les patriotes des alentours. Les habits rouges marchent sur Saint-Denis et nous devons aider nos amis. Mon cousin Henri se bat aux côtés du docteur Nelson. Nous comptons sur des renforts pour aller à leur secours.

— Je vous accompagne. Mes jumeaux résident chez ma belle-sœur et je dois les sortir de là.

George-Étienne Cartier le rassure ; la plupart des femmes et des enfants ont déjà quitté les lieux. Plusieurs sont arrivés à Saint-Antoine avec le bac. Toutes ces personnes ont été accueillies par les familles de la région. Elles y resteront jusqu'à la fin de la bataille. Les autres se sont réfugiés dans les paroisses environnantes.

Pendant ce temps, sur l'autre rive, les combattants patriotes, sous les ordres de Wolfred Nelson, s'apprêtent à subir les assauts de l'armée du colonel Gore. Les rebelles les attendent de pied ferme chez madame Saint-Germain, à la distillerie du médecin et dans les résidences avoisinantes.

Par chance, le curé Kelly de Sorel a envoyé un messager pour prévenir son collègue de Saint-Denis du départ des soldats. Partout, au bord de la rivière Richelieu, les habitants surveillent les moindres mouvements des militaires et en avisent les patriotes. Dissimulé dans un bosquet sur le rivage, Paul observe le régiment qui prend position et se prépare à attaquer. Le froid et la neige ont retardé les opérations militaires. Les soldats, au nombre de cinq cents, ont marché toute la nuit et semblent épuisés à leur arrivée au village. Comme convenu, Paul imite le hurlement du loup pour avertir un autre éclaireur de l'attaque imminente. Wolfred Nelson a ordonné à ses hommes de rester cachés et de ne prendre aucun risque.

Paul s'emmitoufle dans une couverture de laine et songe à sa rencontre, le matin même, avec Louis-Joseph Papineau. Wolfred Nelson a demandé au chef des patriotes de partir au plus vite pour Saint-Hyacinthe.

« Pour trois cents hommes, nous disposons seulement de cent dix-neuf fusils », insistait le commandant rebelle pour inciter Papineau à s'enfuir.

Présent dans la pièce, son bras droit, O'Callaghan, abondait dans le sens du médecin.

« Les autres se défendront avec des faux, des épées, des fourches et des bâtons. »

« Nous avons besoin d'un chef vivant », a lancé Wolfred Nelson pour convaincre le chef du Parti patriote de s'en aller.

Papineau a suivi les conseils du général en chef des armées patriotes et il a quitté Saint-Denis en direction de Saint-Hyacinthe. O'Callaghan l'a accompagné dans sa fuite.

Je l'aurai vu au moins une fois dans ma vie, pense Paul. L'adolescent lève les yeux vers les bâtiments et voit trois canonniers. Les soldats s'affairent autour d'un canon et s'écroulent avant d'allumer la mèche. Les camps adverses se tirent dessus pendant des heures, mais les assiégés semblent déterminés à mourir dans la dignité. Le député de Vaudreuil, Charles-Ovide Perrault, se porte au secours d'un blessé ; l'homme s'effondre au champ d'honneur, frappé par deux balles anglaises, sous les yeux de Paul.

Le garçon s'interroge sur l'issue du conflit, surtout si les munitions s'épuisent. D'après le docteur Nelson, des renforts en provenance des villages voisins viendront leur prêter main-forte. Vers quatorze heures, sous les projectiles ennemis, une centaine de combattants traversent enfin la rivière Richelieu avec le bac du passeur Roberge et attaquent les adversaires.

— En avant ! lance une voix connue.

— Papa ! hurle Paul, quand il remarque son père sur la rive.

L'adolescent lui saute dans les bras et lui raconte l'arrivée des militaires, ainsi que le début de l'assaut.

— Où se trouve Jeanne ?

— À Saint-Charles avec tante Emma. J'ai préféré rester ici et donner un coup de main.

Même si son fils est devenu un homme et prend ses propres décisions, Pierre lui ordonne de rester prudent pendant l'affrontement. Il rejoint ensuite ses compagnons sur le champ de bataille.

— Vive la liberté !

— À bas les bureaucrates anglais !

— Pour Papineau !

Étonnés de la résistance des villageois, les soldats, désorientés, pris à revers par les patriotes de Saint-Antoine, périssent au combat. Une heure plus tard, après une bagarre incessante, le clairon sonne la retraite. Parce qu'il a sous-estimé la force et la détermination des patriotes canadiens, le colonel Charles Gore, vétéran de Waterloo, doit marcher sur son orgueil et reculer devant une bande de paysans armés de faux et de fourches.

Plusieurs militaires laissent tomber leurs armes et leurs munitions, dont un canon, et se sauvent au pas de course. Des rebelles poursuivent l'arrière-garde de Gore et ramassent les fusils abandonnés. Paul rejoint son père dès la fin de l'affrontement.

Les vainqueurs dansent de joie, célèbrent la victoire, n'en finissent plus de se féliciter et, surtout, se vantent d'avoir battu l'armée coloniale la plus puissante de la terre. Protégé par une épaisse cuirasse de papier, une idée de sa femme, Louis Pagé, frappé par un projectile au cours du combat, a continué de lutter sans tomber. Le marchand exhibe fièrement la balle, arrêtée à la quatorzième feuille, à quelques centimètres de son cœur.

Pierre se rend chez le docteur Nelson pour saluer son courage. L'homme traite les blessés, mais prend le temps de serrer la main du patriote Gagnon. Au même moment, un aide de camp fait irruption dans la salle.

— Nous avons trouvé six blessés anglais près de la maison de madame Saint-Germain.

— Transportez-les à l'intérieur. Je les soignerai comme il se doit.

Le médecin demande à Pierre d'aider les citoyens à fortifier Saint-Denis et les environs. Les Anglais, croit-il, reviendront sûrement en force pour se venger.

Plus tard dans la soirée, les insurgés, réunis autour du général en chef Nelson, l'écoutent avec attention.

« Mes amis, nous devons être fiers de notre succès, mais nos têtes sont maintenant en jeu. Il n'y a plus moyen de reculer. Il nous faut donc tenir bon et accepter les conséquences de nos gestes. »

Durant la nuit, les habitants construisent des barricades aux extrémités du village, placent des roches et des arbres en travers des chemins et détruisent les ponts à l'entrée de Saint-Charles et de Saint-Ours. Pierre en profite pour ramener sa fille et Emma à Saint-Denis.

Dès l'aurore, après avoir travaillé des heures, Pierre et les jumeaux traversent la rivière, récupèrent la calèche, puis prennent la direction de Napierville.

À la suite d'une telle défaite, le gouverneur Gosford et le général Colborne intensifient les patrouilles et les arrestations pour éviter une autre humiliation du genre.

Sans doute Pierre devra-t-il s'exiler aux États-Unis pour échapper à la prison, mais Gabrielle acceptera-t-elle de mener une vie de nomade ?

Les misères de Gabrielle

Malgré la présence des soldats et des miliciens volontaires disséminés au sud de Montréal, Pierre et les jumeaux parviennent à se faufiler à travers les postes de guet britanniques. En cours de route, les voyageurs ont vu plusieurs fermes abandonnées et des maisons brûlées. Alors qu'ils étaient cachés dans un boisé, ils ont aperçu des dizaines de prisonniers, les chaînes aux pieds et les mains liées. La troupe les conduisait à la prison de Montréal sur des charrettes tirées par des chevaux.

Les volontaires suivent les militaires, qui se promènent d'une résidence à l'autre pour menacer les occupants et les humilier.

— Les soldats te cherchent, lui apprend Gabrielle, quand Pierre met les pieds dans la maison.

Émue de retrouver ses enfants sains et saufs, la mère se penche pour embrasser ses jumeaux. Les jeunes gens toujours dans ses bras, Gabrielle pose un regard tendre sur son mari.

Pierre, les sourcils froncés, s'inquiète pour leur sécurité.

— Ces bandits t'ont-ils maltraitée ?

Gabrielle répond par la négative.

— Tout va bien, mais ils ont promis de revenir si tu refuses de te rendre aux autorités.

Pierre rejette l'idée de subir un procès qui se terminera à coup sûr par la prison. Nelson lui a conseillé de fuir aux États-Unis pour se faire oublier un moment. Il ne peut se résoudre à abandonner sa femme et leurs sept enfants à la merci des volontaires, mais il devra peut-être s'y résigner.

Quelques jours plus tard, il décide de rendre visite à Jacques, son frère aîné de l'Acadie, pour lui demander conseil. L'homme possède une petite entreprise de transport de voyageurs et ses clients le renseignent sur les informations politiques de l'heure. Il connaît même les rumeurs les plus fantaisistes concernant la grande région de Montréal. Les esprits s'échauffent à Saint-Jean et la rivalité, entre les partisans des patriotes et les opposants, grandit de jour en jour. Selon Jacques, les rebelles de Saint-Athanase menacent de franchir le pont et d'attaquer la garnison de Saint-Jean.

— Les arrestations ont soulevé les passions et semé l'indignation parmi la population. Beaucoup de familles sont touchées. Des coups de feu résonnent de part et d'autre de la rivière.

— Le docteur Davignon et le notaire Demaray se tiennent sûrement sur la ligne de feu.

— La présence de nombreux soldats rend l'opération risquée, répond le voiturier. La révolte finira mal.

L'homme conseille à Pierre de retourner à Napierville et de préparer sa fuite vers le Vermont ou l'État de New York. Des miliciens anglais ont promis de détruire sa maison, ses douze calèches et ses diligences s'il refuse de livrer son frère. Pierre s'attriste de cette nouvelle, mais Jacques le rassure. Il connaît des militaires bien placés à Saint-Jean. Les loyalistes y penseront à deux fois avant de s'en prendre à lui. Il le met cependant en garde.

— Des espions les informent de tes activités avec Papineau et les frères Nelson.

— Les volontaires se conduisent comme des criminels, lance Pierre.

— Ils jouent avec la loi à leur gré et obtiennent le soutien de l'armée en plus de se procurer des fusils à volonté.

— Gosford et Colborne se servent des milices civiles pour accomplir la sale besogne. Ils les accusent ensuite des méfaits afin de blanchir l'armée.

Après ce bref échange, les deux frères se serrent la main. Pierre saute vite sur son cheval et se dirige à bride abattue vers la Grande-Ligne. La sécurité de sa famille le préoccupe. Qui protégera les siens si les soldats réussissent à l'arrêter ?

Pendant ce temps, des intrus pénètrent sur la propriété des Gagnon. La porte s'ouvre : un officier, accompagné d'un aide de camp, entre de façon triomphale. Quatre soldats, baïonnettes au bout du fusil, les suivent de près et tiennent les femmes et les enfants en joue.

— Nous cherchons le traître Pierre Gagnon, lance le capitaine Day, en français, mais avec un fort accent.

— Je voudrais bien savoir où il traîne, celui-là, répond Gabrielle d'une voix forte et assurée.

— Mon père est aux États-Unis, déclare Paul.

— Seuls les lâches fuient leur famille.

— C'est un patriote ! réplique aussitôt Jeanne.

Sa mère la regarde d'un œil sévère.

— Allez dans la chambre, les enfants ! Amenez les petits avec vous !

Gabrielle reçoit une gifle en plein visage et s'écroule de tout son long sur le plancher de la cuisine.

— C'est moi qui donne les ordres, hurle le militaire.

Le cœur battant, les jumeaux se précipitent pour secourir leur mère.

— Disparaissez de ma vue, vermine !

Jeanne et Paul hésitent une fraction de seconde, mais conduisent Agnès et les trois autres enfants dans la chambre. Georges, la mâchoire serrée, ignore la directive. Il s'avance d'un pas décidé vers sa mère pour l'aider à s'asseoir sur le canapé. Grand-mère Rita, âgée de soixante-quinze ans, tremble de tous ses membres. Un fantassin empoigne l'adolescent par les cheveux, le projette sur le sol, puis appuie la baïonnette de son fusil sur sa cuisse. L'officier fixe ses yeux globuleux sur Gabrielle et lâche d'une voix autoritaire :

— Je ne le répéterai pas : où se cache Pierre Gagnon ? J'ai ordre du gouverneur de l'arrêter et de le conduire à la prison de Montréal.

— Il s'est réfugié dans l'État de New York. Je ne sais rien d'autre pour le moment, répond-elle, la voix tremblotante.

Sur un signe de Day, le soldat Bower enfonce la lame pointue de sa baïonnette à plusieurs endroits dans les jambes de Georges. Le jeune homme laisse échapper un long cri, suivi d'une interminable lamentation. Il se débat si fort qu'un militaire doit le retenir. Grand-mère Rita s'interpose entre son petit-fils et son bourreau, mais le militaire la repousse d'un violent coup de crosse de carabine qui lui disloque l'épaule. Elle perd connaissance en raison du choc et de la douleur. Gabrielle tente à son tour de secourir sa mère, mais l'aide de camp l'immobilise avec son fusil. L'officier l'interroge de nouveau.

— Je t'ai posé une question ! J'attends une réponse.

Gabrielle, le visage dans les mains, reste muette. Devant le silence de la femme, le tortionnaire recommence à taillader les cuisses et les mollets de l'aîné.

— Parle ! crie le capitaine, exaspéré par l'entêtement de la mère.

Dans la pièce à côté, frères et sœurs pleurent à chaudes larmes, effrayés par les hurlements déchirants de Georges.

— Tu devrais prévenir papa, suggère Jeanne, deux grosses larmes sur les joues. Saute par la fenêtre et passe par le boisé.

— J'y vais tout de suite, répond Paul.

L'adolescent se faufile dans la forêt derrière l'écurie. Avant de s'en aller, Paul aperçoit une demi-douzaine de militaires en face de la résidence. Le garçon contourne la maison de David Demers, puis emprunte la route de Saint-Jean.

Mais où son père se trouve-t-il ? Paul marchera jusqu'à l'Acadie s'il le faut...

9

Militaires au travail

Paul court sur le chemin et marche parfois d'un pas alerte, le temps de reprendre son souffle ; des crampes au ventre le font souffrir. Après une heure d'angoisse, un homme vient à sa rencontre. Julien Rémillard, un ami de la famille, lui conseille de se cacher.

— Les miliciens procèdent à une rafle et arrêtent tout ce qui bouge. Des informateurs leur ont fourni les noms de tous les sympathisants patriotes et les soldats les emprisonnent à la suite d'une simple dénonciation.

— Un militaire maltraite Georges en ce moment même pour forcer maman à dénoncer papa. Je dois vite avertir mon père de leur présence !

Soudain, le son des tambours attire leur attention. Julien l'entraîne dans le champ, puis l'aide à se faufiler sous les branchages.

— Bonne chance, garçon. Je retourne à la maison.

Quelques minutes plus tard, Paul voit passer une cinquantaine de militaires. Ils encadrent vingt prisonniers patriotes, les mains liées, attachés les uns aux autres. À peine peuvent-ils marcher et suivre la cadence imposée. À la vue de ces hommes enchaînés, les battements de son cœur s'accélèrent.

L'adolescent poursuit sa route et, après plusieurs minutes d'angoisse, aperçoit enfin son père près d'un boisé. L'homme fronce les sourcils à la vue de son fils, lequel lui relate la visite des soldats et lui conseille de se sauver le plus loin possible pour leur échapper.

— Pas question de vous laisser à la merci de ces bandits.

— Nous avons menti à l'officier et prétendu que tu vivais dans l'État de New York.

Sur ces entrefaites, le forgeron David Demers arrive sur son étalon noir pour le prévenir lui aussi du danger.

— Pars sans inquiétude, déclare David pour le rassurer. Nous soutiendrons ta famille pendant ton absence.

— Que pensera Gabrielle quand elle apprendra mon départ ?

— Ta femme préfère te voir vivant, réplique son ami.

— Ramène Paul à la maison ! Dis à ma femme que je dois réfléchir. Elle comprendra.

— Sage décision ! Et je ne veux pas savoir où tu vas, dit-il en soulevant le garçon pour l'aider à enfourcher sa monture.

Par mesure de précaution, David Demers s'engage dans la forêt pour retourner à Napierville ; les militaires le soupçonneront de collaborer avec les patriotes s'ils l'aperçoivent en compagnie d'un Gagnon. Pierre suit son fils du regard, puis s'enfonce lui aussi dans le bois.

L'adolescent remercie le forgeron avant de reprendre le chemin de la maison. À son arrivée, les Anglais attendent toujours devant la porte. Paul, inquiet du sort réservé à sa famille pendant son absence, regagne sa chambre avec prudence.

Dans la cuisine, le capitaine continue son interrogatoire. Assise sur une chaise, Gabrielle pleure, se tord les mains de désespoir et supplie le militaire de la laisser s'occuper de sa mère.

— Mon aide de camp soignera la vieille si tu parles.

— J'ignore précisément où mon mari se cache aux États-Unis. J'attends des nouvelles de lui d'une journée à l'autre, répond-elle au milieu d'un sanglot.

L'officier regarde le soldat à la baïonnette ; celui-ci poursuit son manège. Il semble prendre plaisir à piquer l'aîné dans le dos et sur les épaules. Des hurlements de douleur retentissent dans la demeure. Le cœur serré, les jumeaux réconfortent Marc, Robin et le petit Philippe, qui ne cessent de pleurer.

Devant l'inutilité de sa démarche, Day renverse la table et les chaises avant d'ordonner à ses amis de quitter les lieux.

— Nous reviendrons, déclare le capitaine, hors de lui.

Gabrielle garde le silence.

En son for intérieur, elle le sait très bien, il reste encore de nombreuses épreuves à surmonter. Les complices des soldats, les miliciens et les volontaires des villages anglophones voisins les puniront de s'être révoltés contre les autorités anglaises.

Le cœur de Gabrielle se serre à la pensée des tourments à venir.

10

Le temps des décisions

David et Berthe Demers arrivent cinq minutes après le départ des soldats pour aider Gabrielle à remettre la maison en ordre.

— Je m'occupe de Rita, propose la voisine.

La femme lui passe un linge mouillé sur le visage et la nuque. La vieille dame ouvre les paupières en poussant de petites plaintes à peine audibles. Elle tousse et crache un liquide rosé.

Les six enfants en pleurs sortent de la chambre pour sauter dans les bras de leur mère. Le regard triste, rempli de compassion, Jeanne regarde Georges, étendu sur le plancher, le corps couvert de sang. L'adolescent n'ose plus bouger, de peur de souffrir davantage. Berthe vient au secours de son filleul ; elle nettoie ses plaies et panse ses blessures.

— Par chance, les entailles semblent superficielles. Tu t'en tireras, mon garçon.

Georges replace une mèche blonde avec sa main. Le blessé crie de douleur et ses yeux, d'un bleu acier, se remplissent de larmes qui roulent sur ses joues. Il pleure en silence sur sa propre souffrance, mais aussi sur celle de sa grand-mère.

— Je vengerai ma famille, murmure Georges, envahi par la colère.

— Dieu punira les Anglais ! lance Rita, d'une voix haletante.

— Monseigneur Lartigue et monseigneur Bourget nous ont abandonnés et je commence à penser que Dieu en a fait tout autant, répond Gabrielle. L'église s'est rangée du côté du plus fort.

— L'armée protège les loyalistes et les volontaires, ajoute Berthe. Ils ont carte blanche pour piller et brûler les résidences des patriotes.

— Le capitaine préviendra sûrement la milice civile des villages anglophones, affirme David. À votre place, je viderais la maison et quitterais Napierville le plus vite possible.

Gabrielle répond d'un hochement de tête.

— Ton refus de dénoncer Pierre a sûrement piqué au vif le capitaine, ajoute son voisin. D'après mon expérience, les loyalistes arriveront au plus tard dans la matinée.

— Jeanne ! Paul ! ordonne Gabrielle. Ramassez des branchages de pins et de cèdres. Nous allons dissimuler les provisions, les vêtements d'hiver et les effets que nous pouvons emporter dans la charrette.

Aussitôt dit, aussitôt fait. De son côté, le forgeron amène les cinq chevaux dans son écurie.

— Nous partirons demain matin aux premières lueurs du jour, explique Gabrielle. Nous rejoindrons votre père. Une nouvelle vie nous attend.

Malgré la peur d'affronter l'inconnu, la perspective de revoir leur père réjouit les enfants.

— Vous aurez besoin de deux voitures, suggère David à sa voisine. Si vous pouviez y dissimuler vos bagages, ce serait l'idéal.

— Construisons de faux planchers ! lance Paul dans un éclair de génie.

Avec l'aide des jumeaux, David pousse la charrette et la calèche dans sa grange. Ils s'affairent tous les trois à modifier les véhicules. Avec de la chance, les pilleurs n'y verront que du feu. Ils enlèvent ensuite les roues des voitures et les enfouissent sous le foin.

— Les miliciens ne perdront pas leur temps à les réparer. Ils en volent toutes les semaines dans les fermes des environs.

— Georges restera chez nous cette nuit, propose Berthe. Je m'occuperai de lui.

Gabrielle accepte son offre avec plaisir. L'état de sa mère la tourmente. Elle souffre de plus en plus et son épaule enfle à vue d'œil.

— Je suis incapable de bouger, ma pauvre fille. Laisse-moi à la maison, vos chances de réussir seront meilleures.

L'angoisse ronge Gabrielle. Elle ne se demande pas si les volontaires viendront, mais plutôt quand ils arriveront. La femme se glisse sous les couvertures, habillée des pieds à la tête, avec une seule idée en tête : partir. Elle demande aussi aux enfants de se coucher avec leurs vêtements.

11

Au feu !

Des bruits suspects réveillent Gabrielle vers six heures du matin, après avoir sommeillé un peu.

— Sortez vite du lit ! lance la mère.

Gabrielle entre en trombe dans la chambre des jeunes, enroule les deux petits dans les couvertures et ordonne aux jumeaux de sauter par la fenêtre avec Agnès et Robin.

Au même moment, la porte de la maison s'ouvre brusquement. Gabrielle va à la rencontre d'une douzaine d'hommes, avec Philippe et Marc dans les bras. Les miliciens menacent de s'en prendre aux enfants si quelqu'un s'oppose à eux.

Les voleurs s'emparent des meubles, les chargent dans des charrettes, tandis que d'autres dérobent les provisions et les vêtements. Gabrielle proteste :

— Vous n'avez pas le droit !

Un homme la pousse sans se soucier des petits, complètement affolés. Les pillards semblent satisfaits de leur récolte. Il ne reste plus que le canapé, où repose grand-mère Rita.

Un adolescent au visage boutonneux, âgé d'à peine quinze ans, entre dans la maison. Encouragé par les rires de ses compagnons, le garçon soulève le meuble. Rita roule sur le plancher en poussant un cri de douleur. Elle se relève péniblement, fait quelques pas, puis tombe face contre terre. Gabrielle s'empresse de lui venir en aide, mais un volontaire l'entraîne à l'extérieur avec ses enfants. Le milicien la frappe au visage à deux reprises.

— Évite de porter plainte si tu tiens à tes enfants. Tu connais nos méthodes avec les traîtres !

Le feu a déjà envahi le rez-de-chaussée et se répand à la vitesse de l'éclair quand elle se retourne pour jeter un coup d'œil à l'intérieur.

— Maman ! Maman ! hurle Gabrielle en pleurs.

Deux volontaires la retiennent et la forcent à regarder sa maison.

— Sauvez-la ! Je vous en supplie...

À genoux devant la résidence familiale embrasée, Gabrielle sanglote sans arrêt. Elle a l'impression de vivre un véritable cauchemar. Son corps avance et recule dans un mouvement régulier. Bouleversée par ce drame, elle n'entend plus les loyaux l'insulter. Le visage livide, ses yeux bleus voilés par la tristesse, la mère serre ses deux petits contre sa poitrine. Les miliciens sont enfin partis. Gabrielle se remet debout et, après avoir regardé une dernière fois sa demeure à demi détruite par les flammes, se dirige vers la maison de ses voisins.

David et Berthe accueillent les Gagnon, le temps d'organiser leur fuite. Les Demers s'exposent à un grave danger si un informateur les dénonce aux autorités. Mais peut-on refuser de venir en aide à des amis dans le besoin ?

12

Voyage vers l'inconnu

Gabrielle coupe les cheveux de sa fille et l'habille en garçon pour lui épargner de douloureuses épreuves. Jeanne ressemble à son frère comme deux gouttes d'eau. Pendant ce temps, David et Paul transportent dans les voitures la marchandise cachée dans le bois. Ils la dissimulent en grande partie dans les doubles fonds.

Après avoir habillé les enfants de vêtements chauds, Gabrielle insiste auprès de ses hôtes pour partir le plus vite possible. Mal en point, le corps couvert de bandages, Georges restera avec le couple Demers. Ils s'en occuperont jusqu'à leur retour, mais la présence de nombreux délateurs commande la prudence. Son parrain lui aménagera un refuge temporaire dans la forêt où il pourra passer ses journées, à l'abri des regards indiscrets des voisins ou des parents.

Pendant que David attelle les chevaux, Gabrielle embrasse son aîné et promet de revenir le chercher.

— Je devrais vous protéger, mais le destin en a décidé autrement, murmure-t-il, après des adieux déchirants.

Une lueur de vengeance dans les yeux, Georges les regarde s'éloigner.

Le départ s'effectue dans la tristesse. Un petit vent du nord-est fouette le visage à peine réveillé des membres de la famille Gagnon. Gabrielle demande à Jeanne et à Paul d'attendre quinze minutes avant de partir et de la suivre dans la charrette. Elle se chargera des quatre plus jeunes durant le voyage.

La crainte de rencontrer une patrouille de volontaires rend Gabrielle prudente. Elle passe à travers les champs cahoteux, jonchés de pierres, puis s'engage dans les sentiers forestiers recouverts de feuilles mortes. Pierre lui a déjà fait part de son intention de se cacher à la cabane des chasseurs si jamais les Britanniques le traquaient. Elle a tout de suite compris son message quand David lui a répété les propos de son mari. Le moment de prendre de graves décisions semble arrivé. Sans doute le retrouvera-t-elle à cet endroit. Ils décideront ensuite quelle direction emprunter, mais déjà une idée germe dans l'esprit de la femme.

La voyageuse jette un œil inquiet derrière elle sans voir la charrette des jumeaux.

— Est-ce qu'on arrive ? demande Agnès.

— Bientôt, ma belle.

Assise sur le banc, à côté de Gabrielle, la fillette aux cheveux blonds, comme ses frères et sœurs, met sa tête sur la cuisse de sa mère.

— J'ai froid, maman.

— Va rejoindre les petits sous les couvertures et allonge-toi près d'eux. Tu auras plus chaud. Essaie de dormir un peu.

Trop fatiguée pour contester, la fillette obéit. Après des heures à rouler, à éviter les pierres des champs et à patauger dans la boue, le cheval montre des signes de fatigue. Le soir descend peu à peu et Gabrielle décide de se reposer. Elle reprendra la route le lendemain matin. Elle espère que les jumeaux garderont une certaine distance, comme convenu. Tout comme elle, ils doivent s'arrêter au coucher du soleil. Elle imite le hurlement du loup dans le silence froid du crépuscule et attend une réponse.

Quelques secondes plus tard, au loin, un cri similaire retentit dans la forêt.

La crainte d'être aperçue par un délateur occupe toutes les pensées de Gabrielle. Si Jeanne et Paul entendent des coups de feu, ils doivent attendre avant de la secourir. Ils lui seront plus utiles après le passage des volontaires. La femme descend afin de vérifier les alentours, puis rejoint ses quatre enfants à l'intérieur de la calèche. Demain sera une autre journée, pense la mère, plus déterminée que jamais à sauver ses petits. Épuisée, elle s'endort en posant la tête sur la paillasse presque glacée.

Réveillée par des voix et des hennissements, Gabrielle ouvre les yeux vers cinq heures du matin. Elle regarde tendrement Agnès et les garçons, puis descend de la voiture avec précaution. Le gel recouvre le sol. L'humidité du matin lui donne des frissons.

Une balle siffle, suivie d'éclats de rire. Attaché à un arbre, le cheval se cabre et essaie de s'enfuir.

— On ne bouge plus ! ordonne un volontaire.

— Tu croyais nous filer entre les pattes ? lance un autre.

Une dizaine de cavaliers l'entourent et tirent dans les airs. Les enfants s'éveillent en pleurs. Gabrielle se précipite pour les consoler et les rassurer.

— Amène-les avec toi ! ordonne le chef.

Figée par la peur, la femme reste silencieuse. Le chef la rejoint, puis lui remet ses petits.

Un jeune homme dans la vingtaine attelle le cheval à la calèche et se met en route. Juste avant d'atteindre le sentier, une roue avant frappe un rocher et se brise en morceaux. Mécontent, le cavalier abandonne la voiture, mais emporte la bête. Un milicien se dirige vers Gabrielle.

— Déshabille-toi ! lui ordonne-t-il en anglais.

— Je refuse ! répond-elle, outrée par la demande de l'homme.

Il lui arrache son manteau et lui enlève sa robe de force.

— Les cadeaux font toujours plaisir à mon épouse.

Le pillard disparaît avec son trophée, laissant Gabrielle en sous-vêtements, grelottante de froid. Les larmes aux yeux, la mère prend le petit Philippe dans ses bras pendant que les trois autres s'accrochent à ses jambes.

Elle ramasse des branches de conifères pour les déposer dans le fond de la calèche, maintenant inutilisable. Paul et Jeanne ont sûrement entendu les coups de feu, mais elle pousse tout de même deux hurlements de loup pour les prévenir du danger.

13

Sauve qui peut

À son réveil, Jeanne éprouve un mauvais pressentiment. Elle pense que sa mère est en danger et son instinct la trompe rarement. L'adolescente rêvait qu'elle se battait contre les miliciens. Elle secoue Paul pour le tirer du sommeil.

— Il faut aller à la rencontre de maman et vérifier si tout se déroule bien.

Paul se précipite sur les traces de la première voiture. À mi-chemin, il entend deux hurlements de loups. Le garçon court à travers bois en évitant de marcher sur les branches. Par chance, il arpente la forêt avec Georges depuis sa tendre enfance et il connaît les lieux comme le fond de sa poche.

Sa gorge s'assèche de colère quand il aperçoit sa mère dans le dénuement le plus complet. Sa haine et sa rancœur se transforment en larmes. Du calme, se dit-il. Paul respire à fond, comme le lui a conseillé son père lors de la bataille de Saint-Denis. Immobile, l'adolescent observe les environs. Il serait risqué de s'aventurer dans le sentier sans prendre de précautions. Le garçon saisit deux pierres et les frappe quatre fois l'une contre l'autre pour prévenir sa mère.

Gabrielle tourne sur elle-même et scrute la forêt de conifères. Une branche de sapin bouge : son imagination lui joue-t-elle des tours ? Un sourire apparaît sur son visage. Gabrielle retrouve son fils et le serre tendrement dans ses bras.

— Les miliciens ont tout volé ? demande Paul dans un souffle.

— Même ma robe.

— Tu n'as rien ? Personne ne t'a frappée ?

— Pour le moment, sortons les vêtements et la nourriture cachés dans le double fond de la calèche et filons d'ici, répond Gabrielle d'une voix impassible. La cabane des chasseurs se trouve à une heure de route. Ton père nous y attend sûrement.

Le jumeau approuve d'un signe de tête. Sur ces propos, Jeanne arrive avec la voiture.

— J'ai entendu le signal et je suis venue tout de suite.

La jeune fille saute sur le sol durci par le froid pour embrasser sa mère, Agnès et ses petits frères.

— J'ai un peu de pain pour le déjeuner, annonce Jeanne. Des galettes aussi...

Gabrielle recommande de déguerpir au plus vite et de manger en chemin. Mais parviendront-ils à la cabane avant le départ de Pierre pour les États-Unis ?

14

Discussion à la cabane des chasseurs

Pierre marche de long en large dans la cabane en rondins. Il songe sérieusement à fuir sa patrie pour se rendre aux États-Unis. Jamais il n'aurait cru qu'un jour, il devrait s'exiler pour échapper à l'emprisonnement. Wolfred Nelson lui a conseillé de partir pour le Vermont ou l'État de New York, comme plusieurs. Aux dires de son meilleur ami, des régiments sont arrivés d'Halifax pour éliminer les patriotes, les uns après les autres.

« Les Britanniques peuvent nous expédier dans une colonie pénitentiaire en Australie », avait aussi précisé Nelson.

Je dois prendre le temps de mettre les miens à l'abri. Tôt ou tard, les volontaires et les soldats pilleront et brûleront la maison, pense Gagnon. Pierre sait maintenant qu'il aurait dû suivre les conseils du médecin de Saint-Denis depuis longtemps. Tous les deux vivent aujourd'hui en hommes traqués et un terrible châtiment les attend. L'exil, la prison, la potence ou la déportation ? Il ignore encore les conséquences de ses choix, mais, avant, les militaires devront l'attraper.

Un hennissement le fait sursauter. Il saisit son fusil et jette un œil entre les fentes de la porte. *Les jumeaux conduisent le cheval, que se passe-t-il à Napierville ?* se demande Pierre. Son fils bondit hors de la voiture. La mine réjouie, le père ouvre la porte et tend les bras pour accueillir ses enfants qui arrivent au pas de course.

— Papa ! Papa !

— Quelle joie de vous revoir !

Le frère et la sœur le tirent par la manche jusqu'à la charrette.

— Vois-tu quelque chose, papa ?

Le père sourit aux petits. Une peau de mouton se soulève et Gabrielle sort la tête. Le mari, heureux, se précipite pour enlacer sa femme. Le visage triste de Gabrielle l'inquiète, mais, pour l'instant, sa petite Agnès réclame son attention.

— Georges vous suit derrière, je suppose ? demande le père, dont les yeux bleus fouillent la forêt du regard.

Gabrielle et les jumeaux perdent leur gaieté. Les trois se dévisagent furtivement, puis fixent le sol. Pierre est sur le point de défaillir.

— Où se trouve mon fils ? Les Anglais ne...

— Calme-toi ! Georges ira mieux dans quelques jours, mais les soldats l'ont malmené lors de leur dernière visite.

— Mon garçon est blessé ?

— Berthe et David s'en occupent. Il était trop mal en point pour nous accompagner.

— Et grand-mère Rita ?

Gabrielle lui suggère d'entrer dans la cabane et de s'asseoir. Elle lui raconte la visite des soldats, sans oublier de mentionner le rôle des volontaires. Pierre s'enfonce de plus en plus dans son siège, à mesure qu'avance le récit. Le fugitif se sent coupable ; des larmes coulent sur ses joues mal rasées.

— C'est ma faute, parvient-il à articuler malgré les sanglots.

— Blâme plutôt la politique et l'entêtement des hommes, réplique Gabrielle d'un ton grave.

— Qu'allons-nous devenir ? murmure-t-il d'une voix éteinte. Je ne peux même plus protéger ma famille.

Consciente du désarroi de son mari, Gabrielle lui laisse un peu de temps pour se remettre de ses émotions.

— Jeanne, va chercher un peu de nourriture dans la charrette. Nous avalerons quelques galettes pour nous rassasier et j'allaiterai le petit.

— Et après ? demande son mari, l'air absent.

— Je suggère d'aller chez ma sœur Odile, à Saint-Athanase.

— Je m'apprêtais à fuir aux États-Unis à votre arrivée. Si nous partons maintenant, dans deux heures, nous franchirons la frontière. Plusieurs patriotes habitent déjà à Champlain et ils nous aideront à passer l'hiver.

— Je veux d'abord avertir mes sœurs du décès de maman. Elles ont le droit de connaître les circonstances de sa mort. Mes sept autres frères et sœurs vivent dans la région de Napierville et ils ont certainement appris la nouvelle par le bouche à oreille.

Odile, à Saint-Athanase, Emma, à Saint-Denis et Anita, à Saint-Eustache, doivent aussi faire leur deuil, malgré les circonstances.

Gabrielle se lève pour mieux exprimer son opinion : elle mesure très bien l'importance de sa demande. Elle a tout sacrifié depuis leur union, sans jamais rien exiger.

— Je t'ai toujours appuyé depuis notre mariage. À ton tour de m'aider. Je veux aller chez mes sœurs.

— Tu n'y penses pas sérieusement ?

— Pourquoi pas ?

— Nous courons tête baissée à notre perte.

— Nous irons aux États-Unis en dernier recours, ajoute Gabrielle. C'est à prendre ou à laisser.

— Il se fait tard, dit-il. Nous passerons la nuit ici, les enfants.

Pierre s'efforce de garder son calme, puis demande à Paul de l'accompagner à l'extérieur pour préparer le voyage. Les prochains jours s'annoncent difficiles pour sa famille. Il embrasse sa conjointe sur le front et l'étreint avec amour avant de sortir. Pendant que les hommes ramassent le bois sec pour le poêle, Gabrielle et Jeanne étendent des peaux de mouton et des couvertures sur les planches équarries à la hache pour passer la nuit.

Dès son retour, Pierre demande à sa femme de l'aider à écrire les noms de tous les patriotes qui résident entre Saint-Jean et Saint-Denis. Ces derniers accepteront-ils de secourir une famille en fuite ? Risqueront-ils leur vie pour sauver les Gagnon ? Est-il en droit de leur demander un tel sacrifice ?

15

Un traître à l'Acadie

Le froid et la réflexion ont tenu Pierre éveillé une partie de la nuit. Au petit matin, il fait part de ses craintes à Gabrielle.

— Nous devrons traverser Saint-Jean et franchir le pont. Si un soldat ou un volontaire me reconnaît, je risque l'arrestation à coup sûr. En plus, avec tous les enfants dans la charrette, nous aurons l'air d'une bande de fugitifs.

Sa femme garde le silence.

— L'entreprise de transport de voyageurs de mon frère Jacques pourrait nous être utile. Je vais lui emprunter une voiture fermée pour rendre visite à tes sœurs.

— Demande-lui un beau costume de chauffeur, lui suggère Gabrielle. Tu joueras le rôle de cocher, et nous, celui de riches clients.

— Des pauvres en guenilles déguisés en gens fortunés, lance Jeanne pour plaisanter. Un vrai conte de fées.

Jeanne parle de revêtir sa plus jolie robe pour le trajet, mais son père lui recommande plutôt de continuer à porter les pantalons de Paul.

— Certains hommes enlèvent les filles de ton âge, lui explique Gabrielle. Nous t'appellerons Ti-Jean en présence des étrangers.

La jumelle, visiblement déçue, ne peut retenir une moue boudeuse.

— Je déteste les vêtements de Paul.

— De quoi te plains-tu ? demande l'adolescent, le sourire aux lèvres. Tu es belle comme moi, habillée en garçon.

— Et moi, je crois le contraire.

De son côté, Pierre songe souvent à son fils Georges, loin de sa famille. Selon les dires de sa femme, l'aîné les attendra chez les Demers et leur donnera un coup de main à la forge. Le retrouvera-t-il sain et sauf ?

Après avoir attelé un cheval et attaché l'autre à l'arrière de la charrette, le père place la nourriture et les vêtements dans le double fond aménagé par David Demers. Il

Le cavalier descend de son cheval, marche quelques mètres dans le boisé et urine sur un sapin, tout près des pieds de Pierre.

Le soldat en habit rouge tourne les talons et s'arrête pour jeter un œil soupçonneux aux alentours. Il rejoint ensuite la troupe d'un pas nonchalant. Pierre les voit s'éloigner avec soulagement. Le danger est écarté.

Le père et le fils attendent un moment, puis se dirigent vers Gabrielle et les enfants. Des bruits de voix se font entendre : ils s'avancent avec prudence pour en savoir plus. Une dizaine d'hommes en colère malmènent un prisonnier. Postés derrière les arbres, dans un coin ombragé, Pierre et Paul observent la scène.

— Tu as trahi les Canadiens, crie l'un des hommes.

— Des centaines de patriotes sont jetés en prison et persécutés à cause de toi, lance un autre.

— On doit le juger, ajoute un troisième.

— Quelles preuves détiennent François Nicolas et Amable Daunais pour m'accuser ? demande le prisonnier.

— Nous t'avons espionné durant plusieurs jours, Armand Chartrand.

— Cette grande langue a rencontré les soldats britanniques, dit Daunais. Je l'ai entendu dire à un officier qu'il y avait des bœufs et des cochons bons à tuer dans la région.

— Tu racontes des mensonges, se défend le suspect.

Des huées s'élèvent dans la forêt. Après de courtes délibérations, le groupe décide qu'Armand Chartrand doit payer pour sa trahison. Deux hommes attachent l'accusé à un arbre, pieds et mains liés, avant de lui placer une cagoule sur la tête.

Pierre profite de la cohue pour quitter les lieux avec sa famille avant de les voir commettre un acte atroce. Rendus sur le chemin du Clocher, des coups de feu retentissent derrière eux : Chartrand vient de payer pour sa perfidie.

— Papa ! Les soldats reviennent-ils pour t'emprisonner ? demande Jeanne, tremblante de peur.

— Des chasseurs ont sans doute découvert un chevreuil, répond Pierre sur un ton calme.

Les rênes bien serrées dans les mains, Pierre réfléchit au triste sort du traître. La scène l'a troublé. La soif de liberté justifie-t-elle toute cette violence ? D'un autre côté, cet homme a sans doute dénoncé un membre de sa famille ou plusieurs de ses voisins... De toute évidence, ce délateur a mis la vie de ses compatriotes en péril. Gabrielle arrache son mari à ses sombres pensées, quand elle pointe du doigt la maison de Jacques et de Gertrude. Compte tenu des circonstances, Pierre se demande de quelle façon son frère et sa belle-sœur les accueilleront.

16

Chez l'oncle Jacques
à l'Acadie

Pierre arrête les chevaux et laisse descendre les deux adolescents. Ils doivent traverser le boisé à pied pour se rendre à la maison et prévenir son frère Jacques de leur arrivée. Le père cache la charrette dans un sentier, situé près de la propriété, à l'abri des regards. Les deux enfants entrent par la porte arrière et tombent nez à nez avec leur tante Gertrude.

Mère de douze enfants, la femme, aux yeux verts pétillants dont la taille impressionne, arbore une bonne humeur continuelle. Elle tient un rouleau à pâte entre ses mains. Son visage devient sérieux à la vue des jumeaux de son beau-frère.

— D'où sortez-vous comme ça ? D'une boîte à surprise ?

Les visiteurs impromptus se contentent de sourire.

— Le chat vous a-t-il mangé la langue ?

Quatre garçons, âgés de huit à douze ans, entourent les visiteurs au même moment. Les rires et les cris de joie emplissent la demeure de gaieté.

— Je dois parler à oncle Jacques, réussit à articuler Jeanne.

— Baptiste ! Conduis tes cousins à la grange et avertis ton père que je veux la paix. Les temps sont déjà assez durs comme ça.

— Je vous remercie, tante Gertrude, reprend Jeanne avant de partir. Les miliciens ont tout volé, vous savez ! Ils ont aussi brûlé la maison avec grand-mère à l'intérieur.

— Mon Dieu ! Quelle horrible histoire !

La femme se radoucit et prend sa nièce et son neveu dans ses bras.

— Rien ni personne n'arrêtera donc ces volontaires ?

— Surtout pas l'armée ! s'exclame Paul. Papa dit que les soldats nous détestent.

— Prévenez-moi avant votre départ. Je vous prépare un repas pour votre voyage.

Je vous donnerai aussi de l'eau et des chandelles.

Les jumeaux suivent Baptiste jusqu'à la grange. À l'arrivée des trois jeunes gens, Jacques graisse l'essieu avant de sa nouvelle diligence. Paul remarque quatre voitures entreposées au fond du bâtiment. L'oncle devine qu'ils désirent lui parler en particulier et demande à son fils de rentrer à la maison.

— Mon père veut vous voir, lance Jeanne. Il attend dans le bois, près de l'écurie.

— Venez, les enfants.

Les deux frères se jettent dans les bras l'un de l'autre. Pierre lui raconte les événements des derniers jours, puis propose l'idée d'emprunter une calèche de voyageurs, ainsi qu'un costume de chauffeur, pour conduire sa famille en lieu sûr.

Jacques n'hésite pas un instant. Il retourne en vitesse à la grange et revient avec une diligence à toit plat, adaptée pour l'hiver, mais assez légère pour deux chevaux. Il a attelé ses meilleurs étalons, les plus forts et les plus résistants.

— Voyageur et Trotteur vont vous amener au bout du monde, si vous le désirez.

— Peut-être pas aussi loin, ajoute Gabrielle. La route me paraît déjà si longue.

— Soyez sur vos gardes à votre arrivée à Saint-Jean. Les Anglais sont aux aguets et traquent les patriotes. Depuis une semaine, des arrestations massives ont eu lieu dans la région et nous devons ce cadeau à ce traître d'Armand Chartrand. Ce vaurien a sympathisé avec les patriotes, puis les a tous dénoncés.

— Ses anciens amis lui ont réglé son compte, lui apprend Pierre, avant de lui raconter le malheureux épisode dont il a été témoin.

Le transfert des marchandises de la charrette à la diligence s'effectue en un temps record. Jacques montre les coffres à son frère, sous les bancs, et ouvre une trappe dans le plancher, assez grande pour dissimuler des objets de valeur. Il lance un clin d'œil à Pierre et murmure :

— L'endroit rêvé pour cacher une arme ou une personne. J'ai modifié cette voiture pour assurer la tranquillité d'esprit de mes clients. Les bandits de grand chemin nous réservent parfois des surprises.

Son frère en sort un second costume pour Gabrielle.

— Tu deviens le conducteur numéro deux pour le voyage.

Gertrude et Baptiste arrivent au même moment, les bras chargés de victuailles. Les belles-sœurs s'embrassent et se souhaitent bonne chance.

— Si je pouvais, je vous hébergerais tous ici, mais avec quatorze personnes dans la maison...

— Je refuserais ton offre, dit Gabrielle. Votre sécurité m'importe avant tout. La diligence nous servira de résidence pour les semaines ou les mois à venir. Nous vous devons une fière chandelle.

Gertrude lui offre une lampe et de l'huile. Gabrielle la remercie :

— Les enfants pourront au moins se réchauffer les mains.

— Les chemins et les rues grouillent de soldats, les prévient Jacques. Surtout, restez calme si l'on vous interroge.

— Bien compris !

— Tu n'auras pas à payer de droit de passage : le péage pour traverser le pont Jones a été aboli il y a quelques jours par le notaire Demaray et le docteur Davignon. Au fait, tu t'appelles Baptiste Gagnon et je t'ai embauché pour effectuer le transport de voyageurs.

Jacques lui remet un peu d'argent pour la tournée et serre son frère dans ses bras. La voiture se met en route après les remerciements d'usage et les adieux. Les fugitifs saluent une dernière fois leurs bienfaiteurs de la main, empruntent le chemin du Clocher, puis disparaissent derrière les arbres.

Gabrielle se laisse bercer par les cahots. Songeuse, elle se demande quels dangers ils devront affronter au cours de ce long périple. Son regard se pose sur son mari, beau à ravir dans son nouveau costume de cocher.

17

Se jouer des soldats

Comme le soutenait Jacques, les soldats patrouillent dans les rues de Saint-Jean. Les récentes arrestations ont irrité la population, et l'armée, omniprésente, maintient le calme à la pointe de leur baïonnette.

— Les militaires semblent plus nombreux que les habitants, déclare Gabrielle.

La mère ferme les rideaux de la voiture. Une connaissance, une parole de trop ou une dénonciation peuvent envoyer son mari en prison.

Pierre remonte son collet et enfonce son chapeau jusqu'aux oreilles. Les autorités le recherchent pour incitation à la rébellion et participation aux assemblées publiques, mais surtout pour avoir combattu les troupes du colonel Gore à la bataille de Saint-Denis.

— Cocher ! lance Gabrielle d'un ton léger. Arrêtons-nous dans un endroit discret. J'ai élaboré une stratégie digne d'un commandant militaire.

Amusé, Pierre se rend jusqu'à une petite clairière, protégée par d'énormes sapins. Il immobilise les chevaux et rejoint sa femme à l'intérieur de la voiture. La neige a commencé à tomber et le vent s'est levé.

— Les ponts représentent un danger beaucoup trop grand pour toi. À mon tour de prendre les rênes. Cache-toi dans le double fond, ordonne Gabrielle d'une voix autoritaire.

Pierre proteste pour la forme, mais sa femme semble décidée à agir à sa guise ; Gabrielle porte déjà son costume de chauffeur. D'un air résolu, elle ouvre la portière et grimpe sur le siège surélevé. Paul et Jeanne s'amusent de la détermination de leur mère et du stratagème élaboré pour mystifier les gardes. Pierre et les jumeaux se questionnent toutefois sur la réelle possibilité de franchir le Richelieu. Les militaires surveillent l'endroit jour et nuit depuis la libération du docteur Davignon et du notaire Demaray.

Dans l'éventualité où les sentinelles les passeraient à l'inspection, Gabrielle conseille aux enfants de faire semblant de dormir et de s'enrouler dans une couverture pour dissimuler leurs vêtements de paysans. Leur père se faufile sous le plancher, Paul place une peau de mouton par-dessus, puis demande à Agnès de s'étendre et de fermer les yeux.

La manœuvre trompera-t-elle la vigilance des soldats ? s'interroge Gabrielle. Chose certaine, il est maintenant trop tard pour revenir en arrière. *À la grâce de Dieu,* pense la nouvelle cochère, envahie par l'angoisse.

La femme, juchée sur son banc, a le visage fouetté par les flocons. La neige s'accumule par endroits, mais par chance, le froid lui vient en aide, car Gabrielle doit s'enrouler un foulard autour du cou jusqu'aux yeux pour se protéger du vent. Si un garde découvre son identité, ou s'aperçoit qu'une femme conduit une diligence de voyageurs, il procédera sans aucun doute à une fouille minutieuse de la voiture. Jeanne regarde à travers les rideaux.

— Nous approchons, annonce la jeune fille.

étend ensuite deux couvertures et la peau de mouton sur le plancher pour masquer la cachette.

— Tout le monde à bord ! lance Gabrielle.

Malgré les routes cahoteuses à la lisière de la forêt, les Gagnon arrivent enfin à l'entrée de l'Acadie. Encore quinze minutes et Pierre pourra serrer la main de son frère Jacques. Gabrielle en profitera pour se reposer un peu avant leur départ pour Saint-Athanase.

La voiture s'engage sur le chemin du Clocher quand des bruits de sabots et des hennissements parviennent aux oreilles des voyageurs.

— Les soldats ! murmure Pierre.

Paul saute à terre, saisit la bride et conduit la famille en hâte dans un sentier sinueux pour dissimuler la voiture derrière des cèdres centenaires, avant le passage de la troupe. Gabrielle et Jeanne prennent les enfants dans leurs bras et s'enfuient un peu plus loin, derrière d'épais bosquets. Les deux hommes disposent quelques branchages pour se soustraire aux regards des Britanniques.

— Halte ! ordonne l'officier.

— Nous passerons, déclare Paul, envahi par un regain d'optimisme.

— Taisez-vous ! réplique Gabrielle avec impatience. Surveillez plutôt Agnès et vos frères ! La fraîcheur et l'humidité traversent les vêtements. Gardez-les au chaud !

Les chevaux tirent la calèche à pas lents vers le pont. La neige rend la route difficile et leur fait perdre un temps précieux. Guidée par la lueur de la lune, Gabrielle aspire à la liberté : Saint-Athanase, sur l'autre rive du Richelieu, permettra à sa famille de se reposer un moment.

Dans les rues proches de la rivière, le vent s'engouffre entre les maisons. La neige tombe en rafales, emportée dans un tourbillon blanc. Les flocons s'accumulent sur le chapeau et le foulard de Gabrielle. À leur poste, les gardes se réchauffent comme ils peuvent, marchent de long en large, se dissimulent derrière des clôtures ou des bâtiments. Les hommes pensent à leur femme ou à leur fiancée encore en Angleterre et certains d'entre eux maudissent le mauvais sort qui les a poussés dans ce pays de froid.

Au moment précis où un garde s'approche de la voiture avec sa tunique rouge tachetée de cristaux blancs, il est repoussé par un fort coup de vent. Le soldat hèle le cocher d'une main gantée.

— Halte ! hurle une voix enrouée.

La cochère tire sur la bride et les chevaux s'arrêtent après s'être légèrement cabrés. L'homme s'avance, regarde le chauffeur chaudement emmitouflé, se promène autour de la diligence, puis demande d'un ton nonchalant :

— Déclinez votre identité ! Où allez-vous ?

Gabrielle feint de s'étouffer avec sa salive. De sa gorge surgit un son rauque, presque éteint.

— Baptiste Gagnon. Je transporte une famille d'orphelins chez leur tante à Saint-Athanase. Leurs parents viennent de mourir de consomption et une dame, de l'autre bord de la rivière, a accepté de les héberger.

— Je dois les voir ! ordonne le garde.

— Deux des petits présentent des symptômes inquiétants et, à certains moments, ils sont incapables de marcher. Une petite est étendue sur le plancher et a cessé de manger. En plus, ils toussent tous à s'éclater les poumons.

Une toux étouffée provient de l'intérieur ; Jeanne et Paul se raclent la gorge.

Fatigués par la longue route, Agnès et les trois petits garçons dorment à même le sol.

— Si vous voulez les descendre dans vos bras, libre à vous, mais je refuse de les toucher. Je devrai laver la voiture de fond en comble avec tous ces microbes.

La mère, la main sur la bouche, se met à tousser à son tour, d'emblée imitée par les jumeaux. La cochère s'excuse et affirme qu'elle se sent étourdie depuis au moins une heure.

— Je déteste ces maladies contagieuses et, avec dix enfants à la maison, vous comprenez mes craintes.

La sentinelle hésite avant de poser sa main sur la poignée de la portière. Dans la sombre diligence, les adolescents apparaissent amaigris, les yeux cernés. Ils s'étaient préalablement noirci les yeux avec la suie du globe de la lampe à l'huile. Jeanne toussote, les yeux à moitié fermés. L'apparence chétive des enfants surprend le garde. Il recule d'un pas, referme la portière et donne l'ordre au chauffeur de circuler.

— Au revoir, officier.

La conductrice tire légèrement sur les rênes pour signifier aux chevaux d'avancer. Malgré le froid d'une fin de journée enneigée, la sueur coule le long de son échine.

Au grand soulagement de la famille Gagnon, la voiture s'engage enfin sur le pont de bois enduit de chaux. Gabrielle respire un peu mieux, ses muscles se relâchent lentement. Elle ressent de fortes émotions et les larmes lui montent aux yeux. Malgré la poudrerie qui s'accentue au milieu de la rivière, c'est la fête dans le cœur de chacun.

Recroquevillé dans le double fond de la voiture, les membres endoloris par le froid, Pierre admire sa femme pour son sang-froid et l'audace dont elle a fait preuve. Jeanne et Paul risquent un œil derrière, mais la neige voile l'horizon. Les rires retentissent dans le carrosse pour la première fois depuis le départ de l'Acadie.

Que leur réserve l'avenir maintenant ? pense Gabrielle. *Les soldats les attendent-ils de l'autre côté ? Et si Odile s'était s'absentée ou avait quitté sa maison en catastrophe à cause d'un raid éclair des volontaires ou de l'armée britannique ?*

18

Première soirée à Saint-Athanase

La neige tombe à gros flocons et s'accumule à certains endroits en raison des forts vents. Les chevaux commencent à montrer des signes de fatigue ; Gabrielle les laisse avancer à leur rythme. Les battements de son cœur ont repris leur cadence normale, mais elle tremble encore.

La rivière franchie, la conductrice dirige la voiture sur le chemin, au bord de l'eau, puis tourne à droite près de l'église. La tempête prend de l'ampleur et a chassé les habitants des rues. Le temps est idéal pour passer inaperçu. Quelques kilomètres seulement séparent Gabrielle de sa sœur Odile.

Elle pourra enfin l'embrasser après deux longues années de séparation.

— Je peux sortir de la trappe ? demande Pierre, les jambes complètement ankylosées.

— Patiente encore un peu, les soldats peuvent surgir à tout moment.

— Halte ! crie une voix dans la tempête.

Gabrielle reste figée sur son siège. Les mains raidies par le froid, elle tire sur les brides. Les chevaux s'arrêtent.

— Qui êtes-vous ? demande-t-elle, la voix étouffée par le foulard.

Gabrielle cherche du regard la personne qui a donné cet ordre en français. Soudain, quatre individus habillés en civil surgissent de nulle part. Leurs armes sont braquées en direction de la diligence, et l'un d'eux ordonne :

— Tout le monde descend !

— Je conduis cinq enfants à Saint-Athanase, répond Gabrielle en mettant le pied à terre. Ils prendront froid s'ils doivent sortir de la calèche.

La tête de Paul émerge de la portière. Il salue le chef, une connaissance rencontrée sur le chemin de Chambly.

— Bonsoir, monsieur Demaray.

— Je me souviens de toi, garçon. À Longueuil, je crois.

— Je voyageais en compagnie de mon père le matin où l'armée vous tenait prisonnier dans le fourgon avec le docteur Davignon.

— Bonaventure Viger et ses hommes nous ont amenés chez le forgeron pour enlever les fers. Quelle histoire !

— Chacun son tour de fuir, poursuit Pierre qui vient de sortir de sa cachette. Les volontaires ont brûlé notre maison.

— Toujours les mêmes gestes d'horreur et d'intimidation.

— Nous rendons visite à ma sœur, Odile Lapalme, reprend Gabrielle, cette fois avec sa voix naturelle. Sinon, nous ignorons où coucher ce soir.

— Je vous y conduis, madame Gagnon. En passant, très réussi le déguisement !

Après les remerciements, Gabrielle, gelée jusqu'aux os, remonte dans la calèche. Deux hommes saisissent la bride des chevaux et escortent les Gagnon. Le sifflement du vent dans les oreilles, soulagée de trouver des amis, la famille progresse lentement dans la tempête.

Pierre-Paul Demaray frappe plusieurs petits coups à la porte des Lapalme. Odile semble totalement surprise lorsque Gabrielle se présente à l'entrée de sa maison. Les deux femmes s'étreignent, pleurant et riant en même temps. Odile se ressaisit, jette un coup d'œil angoissé aux alentours, puis les prie d'entrer.

— Nous apprenons la méfiance lors des conflits, déclare Odile.

Par prudence, la maîtresse de maison demande à son beau-frère et au notaire de rentrer la diligence dans le bâtiment. D'une voix joyeuse, elle invite les nouveaux venus à enlever manteaux et bottes, qu'elle dépose derrière le poêle à bois pour les laisser s'égoutter. La famille s'agglutine autour du feu pour se réchauffer, tandis que les enfants suivent leur tante jusqu'à l'armoire de la cuisine, où ils avalent d'un trait un verre de lait et engouffrent deux galettes.

Le chef patriote revient après avoir dételé et nourri les chevaux en compagnie de Pierre. L'hôtesse prépare une boisson chaude pour les deux hommes.

Odile connaît bien monsieur Demaray ; il a réglé la succession lors du décès de son mari, et ses deux fils aînés combattent les Britanniques à ses côtés. La mère s'inquiète pour leur sécurité. D'ailleurs, elle insiste souvent pour qu'ils cessent de se battre, mais les jeunes hommes ont juré de lutter jusqu'à la proclamation de l'indépendance du Bas-Canada.

Agnès, Robin et Marc sont tombés comme des roches dès leur entrée dans la maison. Épuisée, les membres endoloris, la mère voudrait bien roupiller quarante-huit heures d'affilée. Les jumeaux, allongés près du poêle, dans la chaleur bienfaisante, dorment à poings fermés après deux jours de grand froid.

Assis de l'autre côté de la pièce, Pierre et le notaire parlent de politique et s'interrogent sur l'avenir des habitants du Bas-Canada.

— Des centaines de patriotes attendent leur procès à la prison de Montréal, des dizaines d'autres sont morts et plusieurs ont pris le chemin de l'exil, déclare le notaire.

— Nous combattons avec des bâtons, des faux et des fourches, alors que les Anglais utilisent des armes modernes et des canons, répond Pierre. La lutte est inégale.

— Les militaires n'ont qu'une seule façon d'agir, celle de nous réduire au silence à la pointe de leur baïonnette.

Pierre-Paul Demaray se désole pour son peuple. Le rêve d'un pays français en Amérique s'estompe avec le temps et sans doute ne se réalisera-t-il pas de son vivant. L'armée a réduit à néant les espoirs des habitants du sud du Saint-Laurent d'être autonomes.

— Nous vivons en liberté surveillée, prisonniers sur notre propre territoire.

— Pour effrayer les Canadiens, les Anglais parlent de partition et projettent de séparer la région de Vaudreuil et l'île de Montréal pour l'annexer au Haut-Canada. Ils pourraient ainsi angliciser les francophones. Tout appartient aux marchands anglais : les terres, la moitié des seigneuries, l'industrie, le pouvoir. Ils ne nous laissent rien.

— Même l'Église nous a trahis, ajoute Pierre Gagnon. Monseigneur Lartigue continue de jouir des privilèges accordés par le conquérant, mais abandonne ses fidèles aux injustices d'un gouvernement colonial.

L'arrivée de Gabrielle met fin à la conversation. Elle demande à son mari d'aller chercher les vêtements dont ils auront besoin le lendemain.

— Je vous accompagne, propose le notaire. Puis, je file à la maison.

Après cette longue route, le moment est venu de révéler à Odile le vrai motif de leur visite.

— J'ai à te parler seule à seule, ose enfin dire Gabrielle, dont le regard triste intrigue sa sœur.

— Je ne supporte pas ce ton sérieux. Encore une mauvaise nouvelle, je suppose ?

— Je le crains.

Deux sillons se creusent sur le front de la femme, qui regarde sa sœur avec des yeux inquiets. Puis, à bout de patience en raison du long silence, elle demande :

— Tu n'es pas venue à Saint-Athanase par hasard, si je comprends bien.

La tête baissée, Gabrielle ravale un sanglot avant de lui annoncer la mort tragique de leur mère. Odile reste d'abord sans réaction, puis, la tête appuyée sur l'épaule de sa cadette, se met à pleurer à son tour. Seul le crépitement du bois brise le silence de la maison pendant ce moment de tristesse et de deuil.

— Notre voisin a promis de l'enterrer au cimetière...

La sœur aînée acquiesce d'un signe de tête, embrasse Gabrielle, puis se dirige vers sa chambre pour laisser libre cours à sa peine.

19

Un départ précipité

Après la tempête, Saint-Athanase se réveille sous un ciel sans nuage. Dès le lever du jour, Pierre Gagnon parcourt la campagne en compagnie de Pierre-Paul Demaray. Au cours de leurs visites éclair dans les villages voisins, les deux patriotes renseignent les habitants sur les agissements des loyalistes pour les inciter à la révolte et à la prudence. Ils racontent les atrocités commises par les miliciens volontaires et leur conseillent de s'organiser afin de mieux résister aux attaques et de protéger leurs biens.

Depuis leur arrivée, trois jours plus tôt, les jumeaux fréquentent les enfants d'une famille de patriotes. Un peu avant le repas de midi, Jeanne et Paul reviennent chez les

Lapalme au pas de course. À bout de souffle, les adolescents doivent prendre quelques respirations avant de réussir à s'exprimer.

— Que se passe-t-il encore ? demande leur mère, devant ses enfants paniqués.

— Je jurerais que vous avez vu le diable, ajoute leur tante Odile.

— Vous devinez juste, répond la jumelle encore essoufflée. Les militaires occuperont Saint-Athanase aujourd'hui.

— Un messager de l'armée discute avec le curé au presbytère, poursuit Paul. D'après le bedeau, ils réquisitionnent l'église pour la transformer en dortoir pour les soldats.

— Seigneur ! s'exclame Odile. Ils vont s'emparer de mes fils et les envoyer en prison.

— Nous quitterons la paroisse dans quelques heures, lance Gabrielle sur un ton décidé. La tête de Pierre est mise à prix et, de plus, notre présence pourrait t'attirer des ennuis.

En fin d'après-midi, Jeanne et Paul jouent les éclaireurs et flânent autour du lieu de culte. Les sentinelles montent la garde devant la porte, pendant que leurs compagnons d'armes se reposent sur les bancs ou nettoient leur fusil. Les adolescents aperçoivent trois officiers qui entrent dans la résidence du curé. Les espions en herbe surveillent la maison un certain temps, puis décident d'inspecter les alentours. Aucune patrouille en vue.

Les habitants s'interrogent sur la mission des Britanniques. Quelques semaines plus tôt, des miliciens ont attaqué le village, pillé plusieurs maisons et confisqué le contenu du magasin général. Cette nuit, peu de gens dormiront sur leurs deux oreilles.

Debout devant la fenêtre, Gabrielle pense à Georges. Se sent-il abandonné par ses parents ? Elle s'ennuie de son humour, de ses fous rires. Que lui arrivera-t-il, loin de la famille ? Après avoir mûrement réfléchi, la mère a pris une décision. Elle doit agir si elle veut revoir son fils vivant et protéger sa famille.

Au retour de la tournée politique de Pierre, les bagages et la nourriture attendent déjà dans la diligence. Par crainte de représailles, Odile conseille à ses deux fils de se réfugier à Saint-Hyacinthe. Selon elle, plusieurs rebelles les suivront, dont Demaray et Davignon.

— Tu devrais te sauver aux États-Unis, lâche Odile. Les soldats ne traversent pas les frontières pour arrêter les patriotes.

— Après avoir prévenu Emma et Anita, déclare Gabrielle d'un ton ferme.

— Aller à Saint-Denis et à Saint-Eustache en pleine période hivernale ! C'est de la folie !

— Nos sœurs ont le droit de connaître la vérité.

Odile connaît bien sa cadette et ses arguments ne suffiront pas à la convaincre. Assise à ses côtés, elle se contente de lui tenir la main. Son cœur se serre à la pensée de savoir sa sœur sur les routes ou de l'imaginer aux mains des loyalistes.

— Au moins, laisse-moi le petit dernier. Ce voyage en plein hiver pourrait lui être fatal.

Gabrielle acquiesce malgré une profonde tristesse. Elle verse quelques larmes et étreint Philippe une dernière fois. Elle habille les enfants en vitesse, puis la famille quitte la propriété d'Odile.

Les parents ont le cœur déchiré, mais la décision de confier leur petit est basée sur le bien-être du nourrisson. Ils le récupéreront à leur retour de Saint-Eustache.

La diligence file vers Saint-Denis dans la nuit noire et, cette fois, Pierre tient les rênes. Les enfants s'endorment après une quinzaine de minutes ; Gabrielle veille sur eux, à la lueur d'une chandelle. En face de

Chambly, incapable de dormir, elle conseille à son mari de s'arrêter.

— Même si tout paraît calme, murmure Gabrielle, envoie les jumeaux en éclaireurs avant d'aller plus loin. On ne sait jamais.

À leur retour, les adolescents s'assoient sur le banc de chaque côté de leur père.

— Aucun obstacle sur la route, confirme Jeanne.

— Nous devrons recommencer dans chaque village, affirme Paul d'un air résolu.

— C'est beaucoup exiger, avec le froid, la nuit noire et le danger qui guette à chaque instant.

— Nous resterons prudents, répond la jeune fille. Maman prend soin des plus jeunes et toi, tu dois conduire la diligence. Comme les habits rouges arpentent le territoire avec leurs armes, nous ferons l'impossible pour aider la famille.

— Vous avez raison, les enfants.

Sur ces mots, Jeanne et Paul appuient leur tête sur les épaules du cocher et s'endorment aussitôt, le temps d'arriver au prochain village.

20

Retour à Saint-Denis

Leur passage à Saint-Hilaire les retarde de quelques heures. Jeanne et Paul jouent de nouveau les éclaireurs et à leur retour, les jumeaux recommandent à leur père de dissimuler la diligence dans un boisé. Une patrouille de soldats a décidé de prendre un moment de repos, non loin d'eux, et de nourrir leurs chevaux.

Assis sur le banc, les voyageurs entendent le hennissement des bêtes. Ils osent à peine bouger, de peur d'attirer l'attention des patrouilleurs. Ils nourrissent néanmoins Voyageur et Trotteur, puis étendent une couverture sur leur dos pour les tenir au chaud.

Gabrielle s'allonge sur la peau de mouton avec les enfants, au cas où ils se réveilleraient. Le visage joufflu du petit Philippe la hante malgré elle. Assaillie par de tristes souvenirs, elle essaie tant bien que mal de les chasser, mais des larmes apparaissent au coin de ses yeux et s'y attardent de longues minutes. Elle revoit sa maison en flammes, repense à la souffrance de Georges, à la mort tragique de sa mère, aux victimes innocentes et inutiles de la rébellion. Cet épisode restera sans doute le pire moment de sa vie. De nouveau, la lourde tâche lui revient de révéler la vérité à sa sœur Emma, elle-même privée de son époux emprisonné à cause de son franc-parler.

Pierre et les enfants grelottent de froid lorsque les patrouilleurs reprennent la route. Les fugitifs entrent en hâte dans la diligence pour allumer la lampe et se réchauffer les mains avant de repartir sur le chemin sombre, au bord de l'eau.

Les Gagnon arrivent discrètement à Saint-Denis à l'aube. Agnès et ses petits frères ont dormi toute la nuit malgré les arrêts fréquents et le va-et-vient des jumeaux. Dans chaque village, sans exception, Paul et Jeanne ont assumé le rôle d'éclaireurs et sommeillé quelques heures entre les randonnées nocturnes.

Le soleil se cache encore derrière les montagnes au moment où le carrosse se faufile à côté de l'étable des Bédard. Saisie d'étonnement, Emma se montre ravie de la visite-surprise de sa sœur et de sa famille. Elle embrasse Gabrielle et fait la bise à tout le monde. La femme est heureuse de retrouver ses deux assistants, Jeanne et Paul, qu'elle serre dans ses bras. Elle s'étonne de l'allure garçonne de l'adolescente, mais rit à gorge déployée lorsque Pierre lui explique le pourquoi de ce déguisement.

— Peux-tu nous héberger deux ou trois jours ? demande Gabrielle, dont les traits tirés inquiètent Emma. Le temps de récupérer... Nous t'en serions très reconnaissants.

— Je suis recherché par les soldats, avoue franchement Pierre. Je ne voudrais pas te causer d'ennuis...

— Je suis heureuse de vous retrouver et je suis prête à risquer la prison, s'il le faut, répond sincèrement Emma. Vous m'avez donné un coup de main cette année, à mon tour d'agir en bonne Samaritaine.

Toute la matinée, les deux sœurs préparent la maison pour loger les visiteurs. Allongés à côté du poêle, les enfants, complètement épuisés, dorment depuis leur arrivée.

— Entends-tu Paul ronfler ? demande discrètement Emma à sa sœur. Il m'écorche quasiment les oreilles, le pauvre garçon.

Emma se demande comment ses neveux surmonteront l'épreuve de l'exil sur les routes durant la saison hivernale. Après une sieste bien méritée, Pierre discute des dernières nouvelles avec sa belle-sœur. Gabrielle se joint à la conversation.

— Et comment se déroule la vie quotidienne depuis la victoire des patriotes de Saint-Denis sur l'armée anglaise ?

— La défaite de Saint-Charles le vingt-cinq novembre et le saccage du village ont anéanti le moral des gens. Les habitants réagissent aux moindres mouvements des militaires. Tôt ou tard, nous paierons cher notre résistance.

— Ceux qui restent derrière en subissent les conséquences et en paient le gros prix, soutient Gabrielle. J'en sais quelque chose...

La visiteuse lui raconte les événements de Napierville sans révéler la véritable raison de sa présence. Elle s'en sent incapable pour le moment.

— Après Saint-Denis, je rendrai visite à notre sœur Anita. J'ai quelque chose d'important à lui dire.

— Soyez prudents, les troupes patrouillent un peu partout. Vous devriez rester ici, le temps de laisser passer l'orage.

— Je voudrais parler au docteur Nelson le plus vite possible, lâche Pierre.

— Il a tenté de s'enfuir aux États-Unis en compagnie des chefs de la rébellion, mais selon les dernières rumeurs, un groupe de loyalistes l'aurait capturé entre Granby et la frontière du Vermont.

— La saga politique de monsieur Nelson devait mal se terminer, affirme Gabrielle. C'était écrit dans le ciel.

Et à nous, pense la voyageuse, *que nous réserve l'avenir ? Nous n'avons nulle part où passer l'hiver, nous sommes complètement démunis. Se pourrait-il que la prison soit la meilleure solution dans les circonstances ?*

21

La vengeance du colonel Gore

Le soir venu, avant d'aller au lit, Gabrielle apprend le décès de leur mère à Emma. Horrifiée par le récit, celle-ci éclate en sanglots.

— Les Anglais paieront pour toutes les souffrances qu'ils nous infligent, réplique Emma, les yeux cachés dans son mouchoir.

— Pour le moment, la plupart des habitants subissent les foudres des militaires avec une certaine résignation.

— Le gouverneur et son entourage batifolent dans leurs belles maisons, alors que les nôtres brûlent les unes après les autres.

Les deux sœurs s'embrassent et se souhaitent une bonne nuit en dépit du chagrin et de l'inquiétude.

Le lendemain matin, les jumeaux se lèvent tôt pour vaquer à leurs travaux. Jeanne et Paul aiment soigner leurs deux puissants chevaux, Voyageur et Trotteur, sans qui la famille n'aurait pu se rendre à bon port. Ils leur chuchotent des confidences à l'oreille, leur apportent du foin et de l'avoine et les brossent. Souvent, ils s'imaginent galopants au milieu des champs.

Après le petit déjeuner, les deux inséparables se dirigent vers l'église du village où une mauvaise surprise les attend devant le presbytère : au moins mille soldats britanniques sont rassemblés sur la place.

— Le colonel Gore est revenu à Saint-Denis, murmure Paul à l'oreille de sa jumelle. Nous devons prévenir papa tout de suite.

— Les militaires vont-ils l'arrêter ? interroge Jeanne.

— Je l'ignore, mais nous devons fuir d'ici au plus vite.

Les deux éclaireurs repartent en vitesse en direction de la résidence d'Emma. À leur arrivée, leur mère termine la toilette d'Agnès, laquelle est toute mignonne avec ses cheveux blonds décorés d'un ruban. Les jumeaux respirent un grand coup avant de s'affaler sur une chaise, les yeux braqués sur Gabrielle. Frappée par leur mine défaite, leur mère devine qu'ils ont une mauvaise nouvelle à lui annoncer.

— Mais que se passe-t-il, les enfants ?

— L'armée de Gore a envahi Saint-Denis, lance Paul.

— Comment ?

— L'officier a ordonné aux troupes de se disperser dans les rues. Les soldats doivent se chercher une maison pour se loger.

— Ils vont arrêter papa !

— Calme-toi, ma petite Jeanne, répond Pierre. Ces militaires ignorent mon identité et tous ceux qui me connaissent sont partis.

— Ils viendront sûrement ici ! déclare Gabrielle, le visage blanc comme un linge. Tu possèdes l'une des plus grandes maisons du village. Présente-moi comme étant la servante et la cuisinière, les soldats n'y verront que du feu.

— Toute cette mascarade me préoccupe grandement, réplique Emma. Ces bandits useront de représailles, s'ils te reconnaissent. À leurs yeux, je deviens complice. Les soldats britanniques aiment s'amuser avec les torches, par les temps qui courent.

À ces mots, des coups de poing sont frappés sur la porte.

— Ouvrez ou nous défonçons, crie une voix menaçante avec un fort accent anglais.

— Mon Dieu !

Emma empoigne son beau-frère par le bras, saisit une couverture au passage et lui demande de la suivre. Elle se dirige vers le *banc du quêteux*, à côté du poêle à bois, enlève les crochets et le déploie, puis le transforme en coffre dont la forme lui rappelle le cercueil de son beau-père emporté par le choléra.

— Allonge-toi !

Pierre obéit. Sa belle-sœur referme le meuble, qui redevient un banc.

— Les enfants, venez vous asseoir !

Les jumeaux restent cloués sur leur siège. Gabrielle court de tous les côtés, rassemble les trois petits et les installe sur le banc, avec un morceau de pain dans les mains. Pendant ce temps, la maîtresse de maison se précipite à la porte. Quatre soldats entrent et fouillent toutes les pièces.

— Où sont les hommes ? demande l'officier aux cheveux roux, d'un ton autoritaire.

— À part la servante, les enfants et moi, vous ne trouverez personne d'autre ici, répond Emma.

— Quatre militaires vont venir s'installer dans cette maison. Prévoyez deux chambres et des repas pour les soldats. Ils arriveront ce soir.

— Mais...

— C'est un ordre ! lance le lieutenant, le visage renfrogné.

Le militaire bouscule Emma et sort de la demeure, suivi de ses hommes. Il se retourne et, cette fois, s'adresse à Gabrielle.

— Tu recevras des instructions pour le souper. Je vous préviens, les Anglais détestent manger froid. Au premier faux pas, toute la maisonnée en subira les conséquences et cette vieille masure disparaîtra en fumée.

Submergées par la peur, les deux femmes restent immobiles comme des statues.

— Une masure... Ma maison... Espèce de malotru. Quel grossier personnage !

Bien au fait de leurs méthodes barbares, Gabrielle se cantonne dans le silence. Paul et Jeanne profitent de la torpeur de leur mère pour enfiler manteau et bottes et retourner près de l'église, où les soldats sont stationnés. La plupart mangent leur ration arrosée de bière et d'eau-de-vie. C'est la fête après plusieurs jours de marche harassante.

Sur l'ordre du colonel Gore, d'autres hommes armés se dispersent par petits groupes à travers le village pour exécuter les ordres.

— L'heure de venger nos compagnons d'armes a sonné, crie un militaire, visiblement ivre, en face de la demeure de la famille Vincent.

Ses camarades hurlent des hourras de joie pour approuver ses propos. Un gaillard défonce la porte d'un coup de pied, sort de force la femme et les six enfants et lance une torche à l'intérieur. La maison s'enflamme aussitôt devant les yeux horrifiés de ses occupants.

— À bas les rebelles ! Vive la reine Victoria !

— Vive le gouverneur Gosford !

Témoins de leurs actes de barbarie, Jeanne et Paul restent cachés dans le fossé. Les soldats se rendent ensuite à la maison du capitaine Jalbert et y mettent le feu avec le même enthousiasme. Par ailleurs, la chance sourit à Marie-Louise et à Thérèse Dormicour, dont la demeure est épargnée après d'âpres discussions. Les deux femmes ont hébergé et soigné six soldats anglais blessés lors de la bataille de Saint-Denis et réussissent à convaincre l'officier de les épargner.

Toutefois, le commando prend sa revanche sur la propriété du docteur Wolfred Nelson, qu'ils appellent le « Loup rouge » ; la résidence et l'écurie deviennent elles aussi la proie des flammes. En l'espace de trente minutes, plusieurs maisons s'envolent en fumée sous les yeux de leurs propriétaires et des voisins terrifiés. Des familles entières, femmes, enfants, vieillards, se retrouvent à la rue en ce début décembre.

Les jumeaux reviennent sur leurs pas, terrifiés par les monstruosités commises par les militaires.

— Je ne peux plus les souffrir, déclare Paul, le visage terne. Le sang bouillonne dans mes veines. Je me sens tellement inutile ! Si tu savais, Jeanne.

Sa sœur marche comme un zombi à ses côtés.

— Notre vie ne sera plus jamais la même, Paul. Jamais.

À leur arrivée, les jumeaux racontent les méfaits des militaires à leurs proches qui gardent silence, mais pour un bref instant.

— Les Canadiens ont rêvé de liberté et aujourd'hui, les Britanniques nous châtient parce que nous y avons cru, déclare Pierre, rempli de ressentiment.

— Votre séjour semble compromis, dit Emma, le visage consterné.

Pierre acquiesce d'un signe de tête. Il propose de partir sur-le-champ avec les enfants. Gabrielle le rejoindra à la tombée de la nuit, sur la route de Saint-Charles, lorsque les soldats dormiront dans les chambres du haut.

— Compte sur moi pour les étourdir avec une eau-de-vie de ma confection. Vous partirez en toute sécurité.

— Et mon ragoût de lard salé, ajoute Gabrielle, leur donnera soif.

Pierre et les jumeaux s'empressent de placer les bagages et les provisions dans la diligence en prévision de leur départ vers Saint-Eustache. Jeanne attelle elle-même les chevaux pour le voyage.

En préparant le repas, les deux sœurs conversent à voix basse dans la cuisine.

— Aux dernières nouvelles, le gouverneur Gosford a décrété le couvre-feu à Montréal, dit Emma pour prévenir Gabrielle du danger.

— Juste à penser que nous devrons traverser l'île de Montréal et l'île Jésus, répond Gabrielle, j'en frissonne d'appréhension.

Mais je veux tenir ma promesse et prévenir Anita de la mort de notre mère, c'est important pour moi.

Quant aux indésirables qui se sont invités pour le souper, la cuisinière d'un soir les attend de pied ferme. Elle tient son couteau de boucherie entre ses mains, et son sourire malicieux en dit long sur ses intentions.

22

Un festin
pour les indésirables

Après leur journée, les quatre pensionnaires, exténués, entrent chez Emma
Bédard sans frapper.

Une odeur de fumée et de crottin de cheval les suit dans la demeure. Pierre, Jeanne
et les petits ont quitté la propriété ; ils
reviendront après minuit pour récupérer
Gabrielle et son fils à l'entrée du village.
Paul, lui, préfère rester pour aider sa mère à
la cuisine.

— Bonsoir, messieurs, dit l'hôtesse, l'air
jovial, afin de paraître aimable.

Les militaires la regardent avec dédain
et s'assoient à table sans attendre d'invita-
tion.

— Je vous sers un peu de vin pour vous détendre et oublier votre pénible journée ? demande Emma.

Paul arrive au même moment avec quatre gobelets. Emma a pris soin d'y ajouter de l'eau-de-vie pour rendre le vin plus corsé. Un seul des soldats daigne remercier le serveur ; ses compagnons saisissent les récipients et les vident d'un trait. Ils les remettent à l'adolescent et lancent en chœur :

— Encore ! *Boy.*

— J'aime mieux vous prévenir, déclare Emma. La teneur élevée en alcool agit très vite sur...

— Les soldats britanniques sont de vrais hommes, répond l'officier en riant de bon cœur.

Paul leur verse du vin à volonté.

— Les militaires commencent à s'amuser pas mal, rapporte le garçon à sa mère.

— Ma fricassée assaisonnée de lard salé les incitera à boire davantage.

— Ils seront complètement ivres d'ici peu, murmure Emma.

— Je t'avertis, je ne goûterai pas à ta gibelotte, même si tu me le demandes à genou, ajoute Paul.

— Moi non plus ! s'exclame Emma.

— Allons servir les officiers de la reine Victoria, lance Gabrielle.

Les trois complices essaient de garder leur sérieux lorsqu'ils arrivent en délégation dans la salle à manger, avec le chaudron fumant. Paul met le couvert, puis les deux femmes présentent le ragoût dont l'odeur embaume la pièce. Ravis et détendus, les hommes s'empiffrent de nourriture, laissant leur assiette vide.

— Bon ! Bon ! fait un joyeux convive.

Emma le remercie pour le compliment et leur ressert une deuxième assiettée. Le mets relevé de poivre et de sel pousse les soldats, dévorés par la soif, à boire sans arrêt. Ils avalent avec appétit la nourriture préparée dans la rage et l'amertume par Gabrielle. Elle a tout perdu par la faute de ces gens. Les gaver de râpures de carottes, de pelures de patates, de poireaux et de navets la comble de satisfaction.

Le capitaine sort Gabrielle de ses pensées lorsqu'il soulève une épluchure avec sa fourchette et lance :

— Explique ce que c'est.

— Des épices indiennes cueillies dans la forêt, répond la cuisinière.

— Vous trouverez aussi de la sarriette, du persil, du cerfeuil et des feuilles de laurier, ajoute l'hôtesse, un peu nerveuse en raison de la question du plus jeune soldat, à l'œil vif et au front intelligent.

— Nous voulons le même repas demain soir, déclare l'officier.

— Ce sera avec plaisir, si je peux retrouver tous les ingrédients, répond Gabrielle, plutôt ennuyée par leur requête.

— Je verrai avec les voisins, dit Emma.

Les deux femmes se regardent du coin de l'œil et se faufilent à la cuisine avec un soupir de soulagement. Paul s'amuse de leurs mimiques.

— Vous devrez goûter à votre fricassée pour en connaître le goût.

— Le cœur me lève juste à y penser.

— Tel est pris, qui croyait prendre, ma chère maman.

— Nos convives aiment les mets exotiques, dit Emma en s'esclaffant.

Gabrielle place la main sur la bouche de sa sœur pour étouffer ses railleries.

— N'oublie pas, c'est une punition de l'armée cette obligation de les héberger. Nous devons avoir l'air de paysannes dépitées.

Les éclats de rire des Anglais enterrent les paroles des deux cuisinières, incapables de s'empêcher de ricaner. Paul saisit un pichet de vin et s'empresse de resservir les militaires déjà éméchés.

Le repas terminé, les invités complètement ivres ont de la difficulté à sortir de table. Malgré leur état, trois réussissent à s'extirper de leur siège et à grimper à l'étage. Le quatrième perd pied et s'étend de tout son long sur le plancher. L'adolescent essaie de le relever, mais le soldat dort déjà profondément. Emma apporte une couverture et la jette sur le jeune Anglais au visage d'ange.

— Laisse *les vrais hommes* dessoûler, lance sa mère d'un ton railleur. Ton père nous attend sur la route de Saint-Charles pour entreprendre le prochain voyage.

Gabrielle et son fils s'habillent chaudement. Une neige fine tombe depuis quelques heures.

— Qui sait si nous nous reverrons un jour, murmure Emma, avec des sanglots dans la voix.

— Restons optimistes, répond Gabrielle. Toutefois, je m'inquiète beaucoup de la réaction des soldats à ton égard.

— Pour l'instant, mon seul problème, c'est de nourrir mes deux cochons avec les restes de nos invités.

La mère et le fils quittent finalement la résidence, puis marchent d'un pas rapide dans le vent et la nuit.

Ils espèrent seulement que la diligence sera au rendez-vous.

23

Une traversée périlleuse

Dans le froid glacial, Gabrielle et son fils marchent d'un bon pas pour atteindre les rives de la rivière Richelieu.

— Ton père a trop bien dissimulé la voiture. On devrait l'apercevoir.

— Allons un peu plus loin, répond le fils, de plus en plus nerveux.

Un cri semblable au hurlement d'un loup les rassure enfin.

— Papa ! Papa !

Pierre sort de sa cachette et se dirige vers les deux silhouettes. Il embrasse Gabrielle et place l'une de ses mains sur la tête de son garçon pour lui montrer qu'il est heureux de le revoir sain et sauf.

— Changement de plan, leur apprend Pierre. Des miliciens anglais arrivent de

Saint-Charles et atteindront Saint-Denis dans le courant de la nuit.

— Les loyalistes suivent les régiments, comme d'habitude, lance Gabrielle.

— Et nous ? s'informe Paul, étonné de l'absence de la diligence.

— L'équipage et les enfants attendent de l'autre côté du Richelieu, précise son père. J'ai poussé les chevaux à fond afin d'arriver à Chambly en un temps record, j'ai pris le bac et suis revenu à Saint-Antoine, en face d'ici. Jeanne et les petits dorment chez monsieur Bourgeois, un homme que j'ai rencontré à la bataille de Saint-Denis. Son frère Lévi, un de mes amis, est tombé au champ d'honneur.

— Comment ! Tu veux franchir de nouveau le cours d'eau en pleine nuit ? lance Gabrielle. L'hiver n'est pas très avancé, il est risqué de nous y aventurer sans vérifier la glace.

— La rivière est gelée depuis quelques jours seulement, mais elle m'a supporté pour revenir ici. Je trouve la route plus dangereuse.

Gabrielle hésite avant de poser ses pieds sur la surface glacée.

— Monsieur Bourgeois m'a aidé à tracer une piste avec du sapinage, ajoute son mari pour l'encourager. La lune nous guidera jusqu'à Saint-Antoine.

— Pour le moment, elle est cachée derrière les nuages, réplique Gabrielle, le visage soucieux. Des bourrasques de vent balaient la rivière, alors je doute que ton sapinage tienne le coup.

Sa femme se laisse convaincre, malgré le doute qui subsiste dans son esprit. À contre-cœur, Gabrielle avance lentement, mais, à bien y penser, elle préfère affronter le vent glacial, la neige et les glaces mouvantes, plutôt qu'arriver face à face avec les volontaires.

Après quelques minutes de marche derrière son mari, Gabrielle reprend son calme. Des craquements se font entendre à intervalles réguliers, mais elle marche à petits pas rapides pour franchir les endroits où la glace semble moins solide. Paul s'arrête chaque fois, de peur de voir sa mère tomber. Il suit ses parents en posant lui aussi un pied devant l'autre avec prudence.

Les marcheurs se laissent guider par les branchages de plus en plus éparpillés sur la surface glacée. La lune est toujours cachée derrière les nuages. Pierre avance en éclaireur, tête baissée dans le blizzard. Soudain, il s'arrête net. Ses pieds semblent bouger sur la glace.

— N'avancez plus ! crie-t-il, les bras levés à l'horizontale pour mieux répartir son équilibre.

Il a l'impression qu'un tremblement de terre se produit sous ses pieds et que, d'une minute à l'autre, la couche de glace va se réduire en miettes. D'un bond, il s'élance de l'autre côté de la fissure.

Gabrielle n'a rien entendu. Elle pose un pied par terre et sa jambe s'enfonce dans l'eau glacée. Elle se laisse glisser sur le côté en tentant de son mieux de rester à la surface.

— Maman !

Gabrielle lève la tête pour regarder son fils. En dépit des battements accélérés de son cœur, Paul réagit promptement. Il s'étend de tout son long sur la glace, enlève son manteau et en enroule une manche autour de son poignet. Le garçon lance le vêtement à sa mère pour lui permettre de l'agripper. Gabrielle saisit l'autre manche à deux mains. Paul tire de toutes ses forces pour la ramener vers lui. L'adolescent résiste à l'envie de prendre sa mère dans ses bras pour la réconforter.

De son côté, Pierre utilise la même tactique : il zigzague comme un serpent sur la glace et avance à l'aide de ses avant-bras. Il réussit à dévier sur la gauche pour revenir vers sa femme et son fils. Il enlève son manteau à son tour et le lance vers Paul. Les trois, attachés l'un à l'autre, rampent sur le ventre pour contourner la fissure.

Le danger enfin écarté, Paul saisit la main de sa mère pour la réconforter. Gabrielle lui remet son manteau et effleure son visage de ses doigts gelés.

— Prends mon foulard et enroule-le autour de ta jambe, maman, dit-il d'une voix étouffée.

L'émotion lui serre la gorge, paralyse presque ses membres. Pour la première fois, la peur de perdre ses parents lui enlève le goût de parler. Il serre son père dans ses bras, mais se sent tout à coup trop âgé pour agir ainsi. Pierre entoure les épaules de Gabrielle et le couple reprend sa marche, en silence, suivi de l'adolescent.

Tous les trois poussent des soupirs de soulagement, à l'instant où ils atteignent la rive opposée. Trente minutes plus tard, gelés jusqu'aux os, les Gagnon frappent à la porte des Bourgeois pour récupérer leurs enfants. Avant de les réveiller, Marie Bourgeois apporte un bassin d'eau tiède à Gabrielle. Elle y trempe ses pieds rougis par le froid, puis enfile une paire de bas de laine préalablement chauffée. Leur hôte leur prépare un repas, des boissons chaudes ainsi qu'un sac de nourriture pour le voyage.

Gabrielle remercie le couple et s'empresse de cajoler Agnès et les garçons, tranquillisés par la seule présence de leur mère. Au moment de quitter la maison, elle sort des vêtements masculins et les remet à Jeanne.

— Tu redeviens un garçon jusqu'à Saint-Eustache. Tu cours moins de risque ainsi.

— Mais pourquoi, maman ?

— Tu comprendras dans quelques années.

— Alors, Ti-Jean, tu viens boxer avec moi ? Ça te conviendrait, un œil au beurre noir pour paraître plus viril ?

— Maman ! Dis à Paul d'arrêter de parler pour rien.

— Paul, laisse Ti-Jean tranquille !

Les éclats de rire fusent et même Jeanne s'amuse des paroles de sa mère. Le périlleux voyage se poursuit dans la gaieté, mais tous savent que le périple n'est pas une partie de plaisir. Pierre tient les rênes et conduit la diligence dans l'obscurité. Le père se demande s'ils seront autorisés à circuler dans les rues de Montréal. Les cinq enfants dorment déjà d'un profond sommeil, bien enveloppés dans des couvertures de laine. Que leur réserve l'avenir ? Pour le moment, Gabrielle et Pierre préfèrent aller droit devant, sans trop se poser de questions.

24

De Longueuil à la rivière des Mille-Îles

En dépit du mauvais état des routes et des chevaux fourbus, la famille arrive à Longueuil au petit matin par le chemin de Chambly. Pierre conduit la voiture jusqu'au traversier public d'Hochelaga, puis passe les rênes à Gabrielle, laquelle est vêtue de son costume de cocher. Le patriote se prépare à se glisser sous la trappe, au cas où des militaires s'approcheraient trop près.

La traversée se déroule sans anicroche et la diligence débarque de façon anonyme, dans le tumulte de la foule. Il y a bien quelques voyageurs qui se dispersent, mais les rues du faubourg demeurent peu fréquentées aux abords du débarcadère de

Montréal. Cependant, les travailleurs commencent peu à peu à sillonner le quartier. Si le passage du pont Jones, à Saint-Jean, lui a paru durer une éternité, Gabrielle ressent moins de nervosité à se promener en ville.

La mère endure le froid glacial du petit matin. Elle conseille aux enfants de rester sous les couvertures et de bouger leurs pieds et leurs orteils pour éviter les engelures. Lentement, la voiture se dirige vers le nord sans s'attarder sur l'île de Montréal. Parfois, Gabrielle observe à la dérobée les robes dans les vitrines de la rue Saint-Laurent, mais s'oblige à regarder devant pour continuer sa route. La cité se réveille et l'activité commerciale reprend graduellement.

Vers huit heures, un grand nombre de chariots, de calèches et d'autres véhicules vont et viennent dans tous les sens, laissant celle des Gagnon rouler dans l'anonymat. Tout fonctionne à merveille, si bien que, peu après midi, la famille s'apprête à franchir la rivière des Prairies par le pont Lachapelle, construit par le meunier de l'endroit.

— Dépêchez-vous à traverser ! lance un passant. Le gouverneur a décrété la loi martiale ; les soldats le bloqueront sans doute pour contrôler l'identité des voyageurs. Ils surveillent le pont déjà depuis un bon bout de temps.

— Je vous remercie de l'information, cher monsieur.

Un claquement de fouet fait accélérer les chevaux. Rendue dans la région de l'île Jésus, Gabrielle enroule un foulard autour de sa tête. Plusieurs militaires patrouillent dans les rues. Un homme lui apprend que l'armée britannique masse des troupes à la caserne de Saint-Martin. Malgré plusieurs regards suspicieux, elle s'éloigne des lieux sans être importunée et se dirige vers le nord.

— Un pont en vue, lance la mère. Je vois des sentinelles.

Pierre croit qu'il est plus prudent de se cacher dans le double fond. Au même moment, une voix à l'accent anglais interpelle la cochère.

— Halte-là !

Son cœur bat la chamade, mais Gabrielle réussit à garder son calme.

— Qui êtes-vous ?

— Baptiste Gagnon. Je conduis cinq enfants dont les parents souffrent de consomption.

— Vraiment ! répond l'homme, méfiant.

— De quel endroit venez-vous ?

— L'Acadie.

— Où allez-vous ?

— Chez leur tante à Sainte-Scholastique, répond Gabrielle de sa voix rauque.

— Je dois fouiller la diligence.

— Allez-y ! Mais couvrez-vous le visage…

Sur ces mots, il entend la toux sèche des enfants. Le garde ouvre la portière, mais reste à bonne distance. Il a été éprouvé par cette maladie contagieuse et plusieurs membres de sa famille immédiate, une bonne dizaine d'entre eux, sont soit dans les hôpitaux, soit décédés.

Il s'étire le cou pour regarder à l'intérieur. Les plus petits sont couchés sur une peau de mouton sur le plancher, et les deux plus vieux sont affalés sur leur siège, la tête renversée, la bouche ouverte.

Le garde les observe quelques secondes, puis referme la porte sans dire un mot. D'un signe de la main, il ordonne au cocher de passer.

Le stratagème a réussi, mais la présence d'hommes armés lui fait craindre le pire. À l'évidence, d'autres épreuves les attendent sur la rive-nord de la rivière des Mille-Îles. La cochère regarde le ciel pour y voir le soleil, qui se cache derrière les collines des Basses-Laurentides.

Une nuit mouvementée

Le pont Porteous franchi, Pierre suggère de trouver un coin discret pour se reposer et sans doute y passer la nuit.

— Les chevaux refusent d'avancer. Nous allons les perdre si nous poursuivons notre route.

— Tu as raison ; les enfants aussi n'en peuvent plus. Nous repartirons à l'aurore pour éviter d'attirer l'attention des soldats.

Pendant que Jeanne s'occupe des petits, Pierre et son fils descendent de voiture et marchent devant pour repérer un endroit sécuritaire. Ils découvrent un boisé à trois minutes du pont. Guidé par Paul qui tient la lampe à l'huile à bout de bras, Pierre se sert d'une hache pour couper les arbustes et dégager le sol. Il conduit ensuite les chevaux dans la clairière. Leurs yeux s'habituent peu à peu à l'obscurité et chacun vaque à ses occupations. Peu de temps après, la diligence est soigneusement camouflée par des branchages.

Jeanne brosse avec soin Voyageur et Trotteur. Les étalons s'ébrouent de plaisir sous les caresses de la jeune fille. Elle les recouvre ensuite d'une couverture épaisse. La besogne terminée, quelques carottes dans la main, la jumelle s'adresse à eux.

— Que nous serait-il arrivé sans vous deux ? Nous avons tellement besoin de votre force pour continuer.

Trotteur secoue la tête, comme s'il comprenait les paroles de l'adolescente. Sa crinière blanche, dans le vent, se découpe dans la noirceur de la nuit, éclairée par une lune resplendissante.

De son côté, Gabrielle se hâte de préparer le repas pour la famille. Par chance, malgré une journée froide, seuls les légumes ont souffert de la température. Dans l'attente de leur plat principal, les petits dévorent avec appétit les croûtons de pain sec de la veille.

Accroupie devant un chaudron de neige appuyé sur quatre rondins, la mère entretient un feu pour faire fondre la neige. Elle y jette ensuite les restes des légumes : des patates, des carottes, des morceaux de navet et de chou. Ils ramollissent, et les enfants les mangent crus, mais au moins, ils sont tièdes. La famille boit le liquide en guise de boisson chaude avant d'aller se reposer.

— Il est temps d'arriver, déclare Gabrielle. Si ça continue, nous devrons ronger l'écorce des bouleaux.

— Aussitôt chez ta sœur, je demanderai à François de me trouver de l'huile pour la lampe. Nous en disposons juste assez pour la nuit.

Après ce repas frugal, Pierre prépare la voiture pour la nuit. Il a décidé de coucher à l'extérieur pour surveiller le périmètre et défendre les siens, au besoin. Gabrielle et les enfants dormiront sur les sièges et le plancher, comme d'habitude. Les adolescents, quant à eux, insistent pour imiter leur père. À l'aide d'une hache à peine aiguisée, ils se préparent un lit de branchages. Par chance, le temps plus clément et l'absence de vent leur permettent de dormir à la belle étoile. Épuisés par la longue journée, les voyageurs sombrent dans un profond sommeil après quelques minutes.

Un bruit réveille les dormeurs vers quatre heures du matin. Pierre se lève en vitesse pour rejoindre les jumeaux. Seuls les petits, la tête sous les couvertures, continuent de sommeiller. Gabrielle s'empresse d'éteindre la lampe.

— Silence !

Des individus au pas de course s'arrêtent non loin, derrière la diligence, pour savoir si leur coup d'éclat a réussi. Ils attendent, anxieux.

— S'il pouvait s'écrouler, lance un inconnu, la voix haletante. Nous retarderions l'avance de l'armée à coup sûr.

— Nous devons aviser Chénier et Girod du résultat. Ils préparent la défense de Saint-Eustache et de Saint-Benoît et doivent connaître tous les détails de l'opération pour continuer la bataille.

Dans l'obscurité, dissimulés dans les branchages, Pierre et les jumeaux se pressent les uns contre les autres. Ils n'osent plus bouger, paralysés par la peur d'être découverts par les étrangers. Les rebelles seraient sans doute très contrariés de trouver des témoins gênants sur les lieux de leur méfait.

— L'arche du centre a tenu le coup, dit une voix. Seuls les piétons pourront passer sur le tablier du pont. L'armée devra trouver un autre moyen pour transporter les canons et les voitures. C'est réussi !

Les patriotes se retirent enfin après avoir constaté les dégâts. Le pont semble résister, malgré l'explosion et les flammes.

Par crainte de voir les militaires fouiller les abords du pont, Pierre décide de prendre la fuite à son tour. Connu comme activiste et rebelle, les autorités pourraient l'accuser du méfait et le condamner à une lourde peine de prison ou encore à la déportation.

Les adolescents attellent les bêtes que leur père guide à reculons jusqu'à la route. La famille Gagnon prend ensuite la direction de Saint-Eustache pour affronter une fois de plus l'inconnu.

Après les événements de la nuit, Gabrielle se demande si elle n'aurait pas dû écouter les conseils de sa sœur Odile et fuir en vitesse aux États-Unis. Cette visite à Saint-Eustache ne lui dit rien qui vaille.

visiteurs de s'identifier. Gabrielle ouvre la portière de la diligence.

— Curieuse manière de recevoir ta belle-sœur !

— Gabrielle ! Pierre ! Quelle surprise !

Anita se présente sur le seuil de la porte au pas de course.

— Si je m'attendais à voir ma petite sœur...

— Entrez vite ! ordonne François.

Pareille à Odile et Emma, la femme se montre chaleureuse et accueille la famille Gagnon à bras ouverts. François leur souhaite la bienvenue, mais Pierre se rend bien compte qu'il se pose des questions au sujet de leur présence. À la recherche d'une réponse, leur hôte passe la main dans ses cheveux poivre et sel. Ses yeux marron scrutent son visage.

— Nous nous préparons pour la traite des vaches, lance le fermier.

— Nous commençons toujours par un bon petit-déjeuner, ajoute Anita, dont la chevelure de jais retombe sur ses épaules.

— Installez-vous, dit le cultivateur. Le thé et les crêpes arrivent à l'instant.

Jeanne et Paul s'assoient aussitôt, tenaillés par la faim. Agnès les imite et se place entre les deux. Gabrielle a beau les rappeler à l'ordre, les enfants ont déjà pris possession du contenu de leur assiette. François sourit devant la réaction spontanée des jumeaux.

— Tes garçons dorment à l'étage ? demande la visiteuse à sa sœur.

Le couple se regarde du coin de l'œil, gêné par la question. L'hôtesse sert un thé à sa sœur et décide de lui révéler la vérité.

— Les soldats ont arrêté les trois plus vieux ; ils attendent leur procès au Pied-du-Courant. Colborne a enfermé beaucoup de patriotes à la prison de Montréal.

Sa voix brave, malgré ses yeux mouillés de larmes, surprend Gabrielle.

— Les quatre autres ont réussi à se sauver et se cachent dans une cabane au fond du bois, reprend François. Je dois travailler seul et me lever à l'aurore pour accomplir toutes les tâches de la ferme.

— Je vais vous accompagner, propose Paul. Jeanne et moi avons aidé tante Emma tout l'été et une partie de l'automne.

— Je m'occupais des animaux de la ferme avant que les Anglais nous chassent, poursuit Jeanne.

— Ils ont ensuite brûlé la maison et l'écurie, précise Gabrielle avant d'éclater en sanglots.

Anita se précipite pour consoler sa sœur et l'amener dans sa chambre. Elle ignore cependant la triste nouvelle que celle-ci lui apprendra.

François jette un œil à son beau-frère et comprend que lui aussi s'implique dans la lutte pour la libération du Bas-Canada. L'habitant accepte l'offre des adolescents et demande à Pierre de le rejoindre à l'étable après la traite des vaches.

— Vous devriez dissimuler la voiture derrière les bâtiments. Si des voisins nous rendent visite, ils doivent en savoir le moins possible.

Un morceau de crêpe entre les doigts, les jumeaux suivent leur oncle à la grange. Pierre rejoint son beau-frère un peu plus tard afin de discuter franchement avec lui. François l'invite à faire une promenade dans le bois, loin des yeux et des oreilles de tous.

— J'aimerais connaître les raisons de votre visite dans la région. Les gens se méfient des étrangers par temps de crise et je veux répondre aux questions de mes compagnons.

— Tes amis ?

— Les patriotes.

Se sentant en confiance, le voyageur lui raconte ses déboires avec les Britanniques et lui annonce le décès de leur belle-mère.

— Anita est la dernière à apprendre la mauvaise nouvelle. À notre retour, nous filerons droit vers les États-Unis. Il ne me reste aucun autre choix.

Des bruits de pas, dans la forêt, les rendent vigilants. Les deux hommes s'accroupissent derrière un érable géant, tandis que quatre solides gaillards marchent en silence dans le sentier et s'arrêtent tout près d'eux.

— Tu peux te montrer, le père, prononce une voix rieuse. Tu as peur de tes garçons, maintenant ?

— Il faudrait plus que quatre jeunots pour venir à bout d'un rebelle, répond François avant d'éclater de rire.

Le père sort de sa cachette en compagnie de son beau-frère et le présente à ses fils âgés de vingt à vingt-quatre ans. Pierre rencontre ses neveux pour la première fois. Des quatre jeunes hommes à la peau foncée, brûlée par le froid et le soleil, se dégage une grande détermination. Les promeneurs du matin surveillent les alentours et semblent impatients de continuer leur route.

— Tu nous excuseras, dit François à son beau-frère. Chénier et Girod nous ont confié une importante mission que nous devons accomplir ce matin. Mes fils vont à la maison pour embrasser leur mère, puis nous filerons sans tarder.

— Je peux sans doute vous aider.

Pierre leur raconte ses déboires avec les volontaires et se définit comme un activiste au service de Papineau et de Nelson. Il pourrait se révéler très utile. Les Mallette se regardent furtivement sans prononcer un seul mot, puis acceptent la proposition du patriote d'un signe affirmatif de la tête.

— En quoi consiste le travail ?

— Tu le verras bien à notre arrivée au pont de Sainte-Rose. L'attaque de l'armée anglaise semble imminente et nous devons tout tenter pour les ralentir.

Debout dans la cuisine, les quatre frères engloutissent plusieurs crêpes, remercient Jeanne et Paul pour le coup de main à la ferme, puis se dirigent vers l'écurie pour seller les chevaux. Les six patriotes s'éloignent à bride abattue dans le sentier avant de prendre la direction de la rivière des Mille-Îles, où le pont stratégique relie l'île Jésus à la rive-nord. François donne des consignes précises à son beau-frère.

— Tiens les chevaux prêts pour un départ rapide et surveille les alentours. Préviens-nous si quelqu'un approche.

Tous courent alors sur le tablier du pont afin de placer les explosifs sous sa structure. François allume les longues mèches et les rebelles se sauvent aussi vite que possible. Les cavaliers enfourchent leurs montures et disparaissent dans la forêt. Quand l'explosion se produit, les six partisans filent à toute allure vers d'autres cieux.

Ils se rendent ensuite chez le loyaliste Bélair, dont le bateau facilite la traversée des soldats britanniques vers la rive-nord. Le bâtiment explose et coule en quelques minutes.

— Rentrons à la maison! ordonne François.

Les patriotes bifurquent par Saint-Eustache pour avertir Chénier de la réussite de la mission. Le village déborde déjà d'activités. Pierre estime à mille cinq cents le nombre de personnes rassemblées pour recevoir les ordres des chefs de la résistance. D'après les rumeurs, des groupes de miliciens attendent sur la rive opposée pour franchir le cours d'eau et attaquer les insurgés.

Pierre pense à Gabrielle et aux enfants. Sa famille ne doit plus jamais revivre des moments aussi atroces que ceux de Napierville ni tomber aux mains des volontaires.

27

La bataille de Saint-Eustache

De retour à la maison, François apprend l'implication de son beau-frère dans la bataille de Saint-Denis à titre de combattant, et insiste pour en connaître tous les détails. En tant que témoin privilégié de la victoire, Pierre raconte le déroulement du combat, parle aussi de la défaite de Saint-Charles, de la libération de Demaray et de Davignon à Longueuil, puis de la vengeance des Anglais dans les paroisses conquises.

— Le triomphe de Saint-Denis s'est vite transformé en cauchemar pour les habitants, déclare Pierre. L'armée du colonel Gore occupe le village, les soldats pillent et brûlent tout sur leur passage.

— Les volontaires sont arrivés peu après notre départ, ajoute Gabrielle. Je m'inquiète tellement pour Emma !

— Ils paient cher leur désir de liberté, lâche François, consterné par le malheur de ses compatriotes.

— Les arrestations touchent des centaines de personnes et leurs familles vivent dans le dénuement le plus total, déclare Gabrielle. Ils devront mendier comme nous pour survivre pendant l'hiver.

— Vous pouvez rester ici jusqu'au printemps, propose Anita. Je m'ennuie depuis le départ des enfants.

Gabrielle remercie sa sœur, mais elle refuse de les mettre en danger. Sa famille suivra le plan établi et partira pour Champlain, dans l'État de New York.

Quant aux deux beaux-frères, motivés par un intérêt commun, c'est-à-dire la quête de leurs droits et la soif de justice, ils rejoignent les combattants à Saint-Eustache pour préparer la défense du village. Le onze décembre, vers quinze heures, des éclaireurs affirment avoir observé des troupes sur l'autre côté de la rivière des Mille-Îles.

Les quatre cents patriotes sur les lieux décident d'attaquer le détachement commandé par le capitaine Glasgow. Les militaires projettent de traverser la rivière à pied, mais, avant, quelques soldats et un officier vérifient l'épaisseur de la glace. À la minute où l'officier aperçoit les rebelles, la troupe quitte les lieux et retourne au camp de Saint-Martin.

Le treize décembre, Pierre et les jumeaux arrivent devant l'église de Saint-Eustache. Le curé Chartier, de la paroisse de Saint-Benoît, encourage les six cents hommes présents à se battre jusqu'au bout. Certains dénoncent l'absence du curé Paquin et son acharnement à l'encontre de Chénier. Les participants brandissent le drapeau des patriotes, scandent des slogans et des phrases patriotiques.

— Pour la justice et la liberté !

— À bas la reine Victoria !

— Vive Chénier !

— La victoire aux patriotes !

Pierre écoute le discours, puis retourne au plus vite chez les Mallette pour mettre sa famille à l'abri du danger. L'affrontement entre les insurgés et l'armée lui semble inévitable. Après avoir raconté les événements de la journée, François recommande à sa femme et à ses invités de s'installer dans la cabane où se cachent ses fils et d'y rester jusqu'à la fin des agitations.

Anita approuve l'idée et commence déjà les préparatifs de départ. Deux heures plus tard, Agnès et les trois petits sont habillés comme des ours. Les bras chargés de victuailles, François annonce qu'il est temps de partir.

Les six hommes ouvrent le chemin et transportent nourriture, couvertures et vêtements en quantité suffisante pour tenir le coup au moins cinq jours. Le froid ralentit leur marche, mais la crainte du danger leur donne des ailes.

Pierre, François et ses fils repartent dès leur arrivée afin d'accomplir leur devoir de patriotes. Paul et Jeanne insistent pour les accompagner, mais leur père leur demande plutôt de protéger la famille. Tôt dans la matinée du quatorze décembre, après une longue nuit à réfléchir, les hommes convergent vers le camp du docteur Jean-Olivier Chénier à Saint-Eustache.

Quand les éclaireurs confirment la présence de l'armée près de Sainte-Thérèse, les combattants se déploient dans les différents bâtiments de la localité. Pierre et les Mallette attendent les Anglais de pied ferme, installés dans la maison des Brion. Jean explore les chambres, s'empare d'une pile de draps blancs et en remet un à chacun des rebelles.

— Cela nous aidera à passer inaperçus si nous devons fuir notre poste de combat.

Peu de temps après son arrivée aux portes de Saint-Eustache, après deux tentatives de pourparlers, le général Colborne donne l'ordre aux canonniers de bombarder les insurgés. Pendant de longues heures, une pluie de boulets tombe et détruit plusieurs habitations. Les soldats profitent de la confusion pour encercler le village et risquer une avancée dans les rues.

En un rien de temps, les habits rouges se pressent devant la maison des Brion. Les révolutionnaires en abattent quelques-uns avant que l'officier commande une retraite.

— Maximilien Globensky les a sans doute bien renseignés sur nos positions, déclare François.

— Qui est-ce ? demande Pierre.

— Il dirige une compagnie de volontaires contre les patriotes à Saint-Eustache.

— Un traître ! s'exclame Auguste.

— J'espère qu'ils se gèleront les pieds jusqu'aux genoux, ajoute Jean, la rage au cœur.

À ces mots, un boulet de canon traverse le toit de la maison. D'énormes débris de bois s'effondrent autour des partisans. Un second coup, plus destructeur, laisse un trou béant dans la structure. S'ils veulent survivre, les six occupants doivent quitter les lieux en vitesse. Ils jettent un coup d'œil rapide aux alentours. L'un des leurs arrive en courant.

— La position de Chénier est bombardée, lance l'homme, hors d'haleine. Si ça continue, ils mourront tous dans l'église ! Globensky et sa bande s'activent à l'embouchure de la rivière du Chêne et les soldats ont procédé à plusieurs arrestations. L'église et le presbytère flambent, ainsi que plusieurs maisons. Les patriotes installés dans l'église sautent par les fenêtres afin d'éviter de mourir brûlés, mais se font tuer par les balles ennemies. Chénier a été touché par une balle, s'est dirigé en courant vers le cimetière et, malgré sa blessure, il a réussi à faire quelques pas. Lorsque notre chef s'est relevé, un second projectile, mortel celui-là, l'a atteint en pleine poitrine. Fuyez !

— Non ! hurle François, désespéré. Pas le docteur Chénier ! Partons d'ici au plus vite.

Le patriote salue ses compagnons, puis repart aussi vite vers une autre maison pour prévenir les rebelles. Chacun des combattants se recouvre la tête d'un drap et le groupe fuit à travers champs, loin des tirs des canons. Pierre et les Mallette, tous vêtus de blanc, passent inaperçus dans le tumulte des combats. Devant un énorme amoncellement de neige, François se met à creuser à mains nues en incitant ses compagnons à l'imiter. Ils entrent tous les six dans l'abri temporaire et, au milieu du chaos, regardent la scène désolante de la défaite.

Postés dans des endroits stratégiques, soldats et volontaires attendent les Canadiens pour les terrasser les uns après les autres. Le massacre se poursuit durant plusieurs heures et les fugitifs, pour la plupart sans défense, sont capturés ou tués sur-le-champ. Un boulet de canon se dirige vers eux, effleure l'amas de neige et pulvérise une cabane avant de s'écraser sur un hangar.

La bataille terminée, les vainqueurs pillent les maisons avant de les incendier. Les femmes et les enfants s'enfoncent dans la forêt, sans rien d'autre que leurs vêtements d'hiver.

Après la victoire, les militaires s'enivrent et fêtent toute la soirée à la lueur des flammes. Le corps de Chénier est escorté à l'auberge par les combattants anglais où l'on décide de l'exposer aux regards des curieux pour proclamer la victoire de Colborne.

Le feu s'éteint vers minuit, faute de bois. Terrés sous le banc de neige, les vaincus se reprochent de n'avoir rien tenté pour sauver leurs compatriotes. Mais devant la perspective de la mort, ils ont choisi la vie. François console ses fils qui ont vu amis, cousins et connaissances succomber au cours de la bataille. Cette cruelle réalité, difficile à accepter pour des partisans convaincus, fait naître en eux une intense rage.

— À quoi bon périr pour une cause perdue d'avance ? Globensky et sa bande nous auraient abattus comme des chiens. Vivants, nous serons plus utiles à la cause et à nos concitoyens, dont les familles sont plongées dans une misère extrême. Il y a déjà trop de disparus pour aujourd'hui.

Sur ces mots, Pierre, François et ses quatre fils prient pour honorer les patriotes morts au champ d'honneur. Les six hommes patientent jusqu'au départ de l'armée de Colborne en direction de Saint-Benoît, pour fuir le village de Saint-Eustache.

28

Chagrin et revanche

Sur le chemin du retour, les beaux-frères ruminent leur chagrin, parfois en silence, souvent en paroles. Le rêve vient de mourir avec la mise en échec du dernier bastion de résistants du Bas-Canada.

Jeanne et Paul, tous les deux inquiets, marchent dans le boisé en attendant leur père. Lorsque les jumeaux aperçoivent les hommes, ils avisent Gabrielle et Anita. Tous avancent dans la neige molle, en direction des deux combattants sains et saufs. François pleure en racontant le déroulement de la bataille et le massacre de plusieurs patriotes.

— Où sont nos garçons ? demande Anita, inquiète de leur absence.

— Ils surveillent la maison et les animaux. Si les loyalistes osent s'approcher, je ne donne pas cher de leur peau.

Paul observe le visage défait de son père et de son oncle. Les deux hommes ont les cheveux hirsutes et la peau rougie par le froid. Des larmes ont roulé sur leurs joues. Paul est ému de les voir ainsi.

— Une fois adulte, lance-t-il, je vous vengerai. Je me battrai et cette fois, nous gagnerons.

— La guerre n'est jamais souhaitable, lance sa mère.

— Nos enfants et nos petits-enfants devront être rusés pour vaincre les dirigeants, bredouille François.

— Et moi, je prédis que lors de la déclaration d'indépendance, lance Jeanne, je brandirai le drapeau des patriotes.

L'adolescente réussit à dérider l'atmosphère, malgré le chagrin de la défaite. Sur ces mots pleins d'espoir, François propose de retourner à la maison avant la tombée de la nuit. Il désire soutenir ses garçons si jamais les volontaires décidaient de s'emparer de ses biens.

À leur arrivée, une activité intense règne autour de la propriété. Anita tremble à l'idée de voir les bâtiments en flammes. En larmes, elle observe ses fils qui transportent de vieux meubles dans le sentier menant à la route principale. Ils vident la grange d'objets inutiles.

— Nous nettoyons les lieux, crie Auguste. Nous voulons faire croire aux Anglais que d'autres sont passés avant eux.

Les deux beaux-frères approuvent la manœuvre de diversion. Ils se précipitent pour les aider. Pendant ce temps, les femmes et les jumeaux conduisent les chevaux, les moutons et les vaches dans la forêt. Pierre et François attachent quelques planches aux érables et aux bouleaux, puis y amènent le bétail. Par manque de temps, ils laissent les volailles au poulailler et trois porcs dans l'enclos.

Les hommes attellent deux étalons et traînent une cabane sur la neige jusqu'à la route. Ils coupent ensuite plusieurs arbres pour obstruer l'entrée de leur terrain, puis se cachent dans le bois en attendant l'arrivée des pilleurs. Les femmes et les enfants rejoignent les animaux derrière la maison familiale. Auguste, Jeanne et Paul partent en éclaireurs. Ils reviennent dix minutes plus tard.

— Les Anglais arrivent ! crient les adolescents.

Une caravane de charrettes et de calèches bondées de meubles, de vêtements, de nourriture et de marchandises diverses se dirige lentement vers les villages anglophones de la région. Les biens dérobés dans les résidences de Saint-Eustache et les fermes des alentours défilent devant leurs yeux comme des trophées de guerre. Un jeune homme se promène avec une guitare sur le dos ; d'autres boivent de l'alcool volé aux victimes. Des centaines de chevaux et de bêtes à cornes, encadrés par les pilleurs heureux de leurs prises, ferment la marche.

Au signal de Jean, François et Pierre mettent le feu à l'amas de sapinage, ainsi qu'aux meubles et à la cabane, avant de se cacher dans le bois. Si jamais les volontaires décident d'aller vers les bâtiments, ils seront dignement reçus et personne ne les reverra. Pierre et François sont tous les deux armés d'une épée, tandis que les garçons ont des fourches et des couteaux de chasse.

Le vent souffle et une fumée noire enveloppe la forêt. L'odeur et l'heure tardive incitent les loyalistes à continuer leur chemin. François se prépare à crier victoire quand il aperçoit les cinq gardiens de bétail s'approcher des flammes. Le chef, accompagné de deux de ses amis, contourne l'incendie ; leurs complices continuent de surveiller le troupeau. Le reste de la caravane s'éloigne sans se soucier des traînards qui seront en mesure, pensent-ils, de se débrouiller s'ils rencontrent des paysans affaiblis par la défaite.

Le soleil s'est caché derrière les montagnes et l'obscurité arrive à grands pas. Auguste et Jean rampent au sol et se dirigent vers les deux surveillants en poste sur la route. Ils les assomment d'un coup de bûche, les traînent dans le bois, puis les enfouissent dans la neige. Leurs compagnons disparaissent les uns après les autres dans le silence le plus complet, terrassés par une fourche, une épée et un couteau. Les Gagnon et les Mallette ont l'impression de venger l'honneur de tous les Canadiens humiliés, volés et pillés par les loyalistes du Bas-Canada.

Ils s'empressent de conduire le bétail dans la forêt pour le mettre à l'abri des prédateurs ou d'autres rodeurs. Il ne restera qu'à retrouver les propriétaires légitimes afin de leur remettre leurs animaux.

— Je préviendrai le curé Paquin, affirme Jean. Avec la disparition de Chénier, cet homme redevient le maître incontesté du village. Les habitants se tourneront vers lui pour obtenir de l'aide et passer l'hiver.

— J'entends déjà ses reproches et son « Je vous l'avais bien dit que la révolte tournerait mal », lance Auguste.

Les membres des deux familles rentrent à la maison le sourire aux lèvres. Ils se couchent satisfaits d'avoir accompli une bonne action, même s'ils se sentent coupables d'avoir enlevé la vie à des hommes.

29

L'exil

Le lendemain, François, Pierre et les jumeaux décident de se rendre à Saint-Eustache. Les adolescents jouent encore une fois les éclaireurs et pénètrent les premiers dans le petit village. Tout semble calme, mais l'odeur de fumée persiste. Une grande partie des maisons est détruite, ainsi que le presbytère et l'église, dont seuls les murs sont encore debout. D'énormes trous de boulets de canon ont percé la façade des bâtiments en ruines.

Jeanne et Paul retournent chercher leur père et leur oncle, dissimulés dans le sous-bois. Tous restent silencieux lorsqu'ils constatent jusqu'à quel point les lieux sont dévastés ; des individus errent à la recherche d'un être cher ou d'un peu de nourriture, sous l'œil vigilant des loyalistes qui occupent encore Saint-Eustache.

Les deux hommes entrent dans l'auberge de William Addison. Le corps d'un homme, les bras en croix, la poitrine mutilée, est allongé sur le comptoir. François reconnaît Jean-Olivier Chénier à sa chevelure rousse ; l'identité du cadavre ne laisse aucun doute dans son esprit. Les beaux-frères y jettent un regard furtif, puis, la mort dans l'âme, continuent leur chemin sans poser de questions.

En sortant de l'auberge, ils croisent le notaire Jean-Joseph Girouard, une connaissance de François. L'homme, entouré d'une dizaine de personnes désorientées par la destruction de leur village, éprouve un énorme ressentiment à l'égard du général.

— Colborne et plusieurs volontaires des villages d'Argenteuil, de Gore, de Grenville et de Chatham, ont réduit le village en cendres, raconte le notaire. Il avait promis d'épargner Saint-Benoît si nous acceptions de nous rendre.

— Pas un seul coup de feu n'a été tiré, ajoute sa femme, Marie-Louise. Nous serons forcés de mendier pour trouver un peu de nourriture. Les villages de Sainte-Scholastique et de Saint-Hermas ont eux aussi souffert du pillage et de l'incendie. Les loyaux ont tout volé.

L'ancien député Girouard leur conseille de disparaître pendant quelques semaines, le temps de calmer les esprits. Chacun se souhaite meilleure chance avant de continuer leur chemin.

— Retournons à la maison afin d'éviter une confrontation avec les volontaires, murmure François à l'oreille de Pierre.

— Tu as raison, répond son beau-frère, à voix basse. Nous risquons la prison si nous nous attardons trop dans le village.

Peu de temps après, Pierre regagne Napierville malgré l'activité des milices et de l'armée, dont les hommes surveillent les villages, punissent les habitants et arrêtent arbitrairement plusieurs personnes. Des passants, rencontrés par hasard sur l'île Jésus et dans les fermes de la rive-sud, donnent des nouvelles fraîches au couple.

— Des centaines d'individus attendent à la prison de Montréal et d'autres les rejoindront dans les prochaines semaines, raconte un père de famille dont la maison a été incendiée. Soyez prudents et évitez les routes principales !

Gabrielle compte sur la chance pour passer à travers les mailles du filet. Un redoux rend leur voyage plus facile. Voyageur et Trotteur se sont reposés et ont repris assez de force pour tirer la diligence et ses occupants pendant plusieurs jours. Le couple récupère le petit Philippe à Saint-Athanase, où l'enfant les accueille avec le sourire. Odile a reçu une lettre de sa sœur Emma ; la vie continue à Saint-Denis. Elle lui a raconté le souper des soldats à sa maison. Les pensionnaires ont épargné sa demeure tellement ils ont apprécié sa gentillesse et leur séjour. Aussi son mari Étienne a-t-il été remis en liberté au début de décembre. Gabrielle et Pierre sont heureux d'apprendre cette bonne nouvelle.

La famille se rend ensuite chez David Demers en pleine nuit pour retrouver leur fils Georges. Le jeune homme s'est remis de ses blessures, mais en conserve un souvenir amer. Il se promet de venger la mémoire de sa grand-mère.

— Je jure de revenir à Napierville pour combattre nos ennemis, lance le jeune homme avant de suivre ses parents.

Pierre, Gabrielle et leurs sept enfants repartent discrètement vers le sud et traversent la frontière pour s'établir à Champlain. Mais la guerre est-elle vraiment terminée pour eux ?

26

Mission accomplie

Le village dort encore à cinq heures du matin. Le vent cinglant force la mère et les enfants à se serrer les uns contre les autres pour conserver leur chaleur. Pierre porte son costume de cocher et, brides en main, semble indifférent au froid.

La voiture de la famille Gagnon traverse Saint-Eustache pour se rendre à destination. La forêt dissimule les bâtiments de la ferme, construite dans un rang isolé. Après une dizaine de minutes à rouler sur un sentier enneigé, les voyageurs aperçoivent enfin la maison. Une fumée blanche s'échappe de la cheminée.

François Mallette sort sur le perron avec sa carabine quand il entend les bruits de l'attelage. Le visage inquiet, il demande aux

Déclaration d'indépendance

Après quelques mois d'accalmie, les hostilités reprennent entre l'armée de Colborne et des groupes de patriotes installés aux États-Unis. Sous les ordres de Robert Nelson, le frère de Wolfred Nelson, emprisonné à Montréal, les combattants parcourent les campagnes et les villages de la rive-sud pour inciter les hommes à combattre l'armée anglaise.

Pierre et son fils Georges sont très actifs et participent fièrement à toutes les actions d'éclat. Une tentative d'invasion du Bas-Canada a lieu le vingt-huit février 1838. Sous les ordres de Robert Nelson, trois cents patriotes armés, en provenance des États-Unis, traversent le lac Champlain en traîneaux à chiens et s'arrêtent à Caldwell Manor, près de Clarenceville.

Pour montrer le sérieux de leur démarche et jusqu'à quel point ils sont déterminés, Robert Nelson lit solennellement une déclaration d'indépendance et proclame la république du Bas-Canada. Une seconde lecture a lieu le même jour à Noyan. Comme promis, Jeanne et Paul brandissent le drapeau tricolore des rebelles, aux côtés de Georges et de leur père.

La nouvelle de l'invasion se répand aussitôt et provoque des remous chez les volontaires de Missisquoi et les troupes de la reine, stationnées à Henryville.

Le premier mars, après avoir distribué la déclaration d'indépendance aux citoyens des villages voisins, les patriotes retournent sans délai à Plattsburgh pour éviter la confrontation avec les militaires et les volontaires, trop nombreux. Le père et les enfants Gagnon, tristes de quitter leur patrie, regagnent Champlain pour y vivre.

Quelques mois plus tard, Pierre est condamné à l'exil par Lord Durham. Les autorités menacent de l'envoyer au gibet s'il réapparaît sur le sol du Bas-Canada, sans avoir obtenu une permission spéciale du gouverneur.

Tout au long de l'année 1837, les membres de la famille Gagnon ont été des témoins privilégiés de l'action des patriotes et de la réaction des autorités, dont celle de Colborne, surnommé le « Vieux brûlot ».

La discussion est close pour l'instant, mais d'autres se préparent à relever le défi et à défendre les droits de la nation. Malgré son impatience, Pierre comprend que les chemins de la liberté prennent différentes directions, même s'ils s'avèrent sinueux et parsemés d'embûches.

FIN

CHRONOLOGIE DES ÉVÉNEMENTS
(1826-1867)

La révolte des patriotes

1826
Le Parti réformiste de Louis-Joseph Papineau devient le Parti patriote.

1832
L'épidémie de choléra, qui frappe cette année-là, sera la plus dévastatrice du siècle. Au total, douze mille personnes meurent du choléra au Bas-Canada.

1833
La Corporation de la Cité de Montréal voit le jour et son premier maire est Jacques Viger.

1834
Louis-Joseph Papineau obtient une écrasante victoire électorale. Les radicaux du Parti patriote rédigent et présentent, à titre de programme politique et de revendications, quatre-vingt-douze résolutions qui expriment sans modération les griefs du Parti. Aux élections d'automne, les modérés

du Parti patriote, comme John Neilson, sont défaits.

21 février 1834
Dépôt de quatre-vingt-douze résolutions qui recommandent, entre autres, que les membres du Conseil législatif et exécutif soient élus et que les ministres soient choisis parmi leurs pairs et soient responsables devant l'Assemblée législative. [Bergeron, p. 88].

La rébellion de 1837-1838

1837
1er mars 1837
Londres proclame les dix résolutions de Russell (début de la période qui mène à la Rébellion de 1837) : « Londres rejette les quatre-vingt-douze résolutions mises de l'avant par le Parti patriote. » [Laporte].

7 mai 1837
Assemblée populaire à Saint-Ours au cours de laquelle on dénonce les résolutions de Russell. Plusieurs réunions ont lieu par la suite à Saint-Marc, à Saint-Charles et à Stanbridge.

6 novembre 1837

Affrontements à Montréal entre l'Association patriote des Fils de la Liberté et les membres du Doric Club, d'allégeance loyaliste.

16 novembre 1837

Vingt-six mandats d'arrêt sont lancés pour crime de haute trahison : arrestation de chefs patriotes. Papineau réussit à se rendre aux États-Unis.

19 novembre 1837

« Plus de 1000 patriotes réunis au marché Saint-Paul, à Québec [...] vont pousser des hourras devant les résidences de ceux qui avaient été emprisonnés. Les loyalistes à leur tour se manifestent, brisant les carreaux des résidences des ex-prisonniers. L'excitation devient alors si intense que les autorités militaires décident de fermer les portes de la ville à huit heures du soir. »[Hare, p. 241.].

23 novembre 1837

Trois cents patriotes remportent la bataille de Saint-Denis contre le colonel Charles Gore et six compagnies d'infanterie (cinq cents soldats).

25 novembre 1837

Les deux cents patriotes armés de fourches et de bâtons sont défaits à la bataille de Saint-Charles contre le lieutenant-colonel George Augustin Wetherall.

30 novembre 1837

Les patriotes « se rendent maîtres du village de Saint-Eustache ». [Laporte]

5 décembre 1837

Proclamation de la loi martiale dans le district de Montréal.

6 décembre 1837

« Quatre-vingts patriotes sont repoussés par des corps de volontaires à Moore's Corner, près de la frontière américaine. » [Laporte]

13 décembre 1837

« Le général John Colborne quitte Montréal à destination de Saint-Eustache à la tête de 1300 hommes. » [Laporte]

14 décembre 1837

Bataille de Saint-Eustache : les patriotes retranchés dans l'église paroissiale sont exterminés. [Laporte]

15 décembre 1837

L'armée britannique brûle de fond en comble le village de Saint-Benoît [Laporte]. Colborne est surnommé « le Vieux brûlot ».

1838

10 février 1838

Le Parlement britannique suspend la constitution du Bas-Canada et nomme Lord Durham gouverneur général et haut-commissaire pour enquêter sur la Rébellion [Bergeron, p. 98 ; Lacoursière, p. 311].

26 février 1838

Raid des patriotes à Potton, dans les Cantons-de-l'Est. [Laporte]

28 février 1838

« Trois cents patriotes, commandés par Robert Nelson et Cyrille-Hector-Octave Côté, entrent dans la province et s'arrêtent à Caldwell's Manor. Robert Nelson y proclame l'indépendance du Bas-Canada. » [Laporte] Y sont alors proclamés « la séparation de l'Église et de l'État, la suppression de la dîme, l'abolition des redevances seigneuriales, la liberté de la presse, le suffrage universel pour hommes, le scrutin secret, la nationalisation des terres de la couronne et celles de la British American Land Co., l'élection d'une Assemblée constituante, l'emploi des deux langues dans les affaires publiques .» [Bergeron, p. 99].

27 mai 1838
Envoyé par le gouvernement britannique, Lord Durham arrive à Québec en sa qualité de gouverneur général avec la responsabilité de décider de la « forme et du futur gouvernement des provinces canadiennes » [Brown, Craig. p. 252 ss.].

28 juin 1838
Proclamation d'amnistie pour tous les détenus, sauf huit chefs qui sont exilés aux Bermudes. Il s'agit du Dr Wolfred Nelson, de Robert Shore Milnes Bouchette, de Siméon Marchessault, du Major Toussaint-Hubert Goddu, du Dr Henri Alphonse Gauvin, de Bonaventure Viger, de Rodolphe Desrivières et du Dr Luc Hyacinthe Masson. [Laporte]

3 novembre 1838
Les Frères chasseurs, des clandestins qui poursuivent la lutte des patriotes, se

mobilisent dans différents points de la Montérégie (Beauharnois, Sainte-Martine, Saint-Mathias).

4 novembre 1838

La Déclaration d'indépendance a été lue de nouveau publiquement par Robert Nelson, le quatre novembre 1838, à Napierville, véritable bastion des patriotes. Nouvelle proclamation de la loi martiale.

5 novembre 1838

Les patriotes de Beauharnois s'emparent du bateau à vapeur *Brougham*.

7 novembre 1838

« Six cents Frères chasseurs, menés par le docteur Côté, affrontent des corps volontaires à Lacolle. Ils sont défaits et se dispersent rapidement. » [Laporte]

9 novembre 1838

Les Frères chasseurs attaquent des loyalistes retranchés à Odelltown, mais doivent se retirer après deux heures de combat.

Fuite de Robert Nelson aux États-Unis. Fin de l'insurrection de 1837-1838 [Laporte].

Les conséquences de la rébellion

1838
27 novembre 1838
Institution d'une cour martiale afin de juger cent huit accusés de la rébellion. Au total, plus de mille trois cents personnes ont été incarcérées pendant les événements.

1839
11 février 1839
Dépôt du Rapport Durham, trois cents pages recommandant, entre autres, l'assimilation des Canadiens français. [Brown, Craig. p. 252 ss]

15 février 1839
Douze patriotes sont pendus à la prison du Pied-du-courant (angle des rues Notre-Dame et De Lorimier à Montréal) : Joseph Narcisse Cardinal, Joseph Duquette, Pierre-Théophile Decoigne, François-Xavier Hamelin, Joseph Robert, Ambroise et Charles Sanguinet, François-Marie-Thomas Chevalier de Lorimier, Pierre-Rémi Narbonne, François Nicolas, Amable Daunais, Charles Hindelang. [Brown, Craig. p. 252.].

27 septembre 1839

« Cinquante-huit prisonniers sont déportés dans une colonie pénitentiaire d'Australie. » [Brown, Craig. p. 252.]

1841
10 février 1841

Sanctionné le 10 février 1841, l'*Acte d'Union* établit un seul et unique parlement, le Bas-Canada éponge la dette du Haut-Canada, bannit la langue française au parlement et dans tous les organismes gouvernementaux et dissout les institutions canadiennes-françaises ayant juridiction en matière d'éducation et de droit civil.

« Le Canada-Uni compte cinq cent cinquante mille anglophones et six cent cinquante mille francophones. De 1850 à 1860, plus de deux cent cinquante mille immigrants arrivent au Canada et les Canadiens français deviennent minoritaires.

« L'Acte d'Union fait que les Bristish Americans adoptent graduellement le nom « Canadians » que les habitants d'origine française se réservaient depuis le XVIIe siècle ; en réaction, ceux-ci commencent donc à s'appeler les « Canadiens français ».

1867

28 mars 1867

La reine Victoria donne la sanction royale et décrète que l'Acte de l'Amérique du Nord Britannique prendra force de loi dès le 1er juillet 1867.

Sources

1837 *NOS HÉROS*. [En ligne], 2010. [pages.infi-nit.net/nh1837].

COUTURE, Patrick. « La rébellion des patriotes », dans *La République libre du Québec*, [En ligne], 2010.
www.republiquelibre.org/cousture/PATRI.HTM].

COUTURE, Patrick. « Louis-Joseph Papineau », dans *La République libre du Québec*, [En ligne], 2010. [www.republiquelibre.org/cousture/PAPI-NO.HTM].

CHRONOLOGIE DU QUÉBEC., [En ligne]. http://page.infinit.net/histoire/quebech3.html

CROISIÈRES RICHELIEU, [En ligne], 2010. [www.croisieresrichelieu.ca].

MUNICIPALITÉ DE SAINT-ANTOINE-DE-RICHELIEU, Saint-Antoine-de-Richelieu, [En ligne], 2010. [www.saint-antoine-sur-richelieu.ca/lamunicipalite.htm].

PROVINCE-QUÉBEC.COM, *Le Québec au 19e siècle*, [En ligne]. [www.province-quebec.com/chro-nologie/siecle19.php].

Ouvrages :

David, L.O. *Les patriotes de 1837 - 1838*, Librairie Beauchemin Limitée, Roy, 1970, p. 506.

Fecteau, Gérard. *Histoire des patriotes*, Éditions Septentrion

Paiement, Raymond. *La bataille de Saint-Eustache*, Éditions Albert Saint-Martin.

Nos racines, *l'histoire vivante des Québécois,* no 65 - 66 - 67 - 68, Les Éditions T.L.M.

TABLE DES MATIÈRES

Viateur Lefrançois

Photographe de métier, j'ai étudié en information et en journalisme. Quelques années plus tard, me voilà auteur.

Pour mon plus grand plaisir, je participe à tous les salons du livre au Québec, puis on m'invite à Guadalajara, au Mexique. Heureux de rencontrer encore plus de lecteurs, je m'envole vers Bruxelles, Paris et la Suisse romande où je visite écoles et bibliothèques. À toutes ces occasions, j'anime des rencontres pour les jeunes lecteurs.

Qui a dit que tous les chemins mènent à l'écriture ?…

RECYCLÉ
Papier
FSC   FSC® C005834

Achevé d'imprimer en août 2010
sur les presses de l'imprimerie Gauvin,
Gatineau, Québec